SNOWDROPS

A.D.MILLER

雪融之后

[英] A.D.米勒 著　林立仁 译

人民文学出版社

著作权合同登记号:图字 01-2013-1193

A. D. Miller
SNOWDROPS

图书在版编目(CIP)数据

雪融之后/(英)米勒著;林立仁译. —北京:
人民文学出版社,2013
ISBN 978-7-02-009722-7

Ⅰ. ①雪… Ⅱ. ①米… ②林… Ⅲ. ①长篇小说-英国-现代 Ⅳ. ①I561.45

中国版本图书馆 CIP 数据核字(2013)第 037451 号

特约策划:彭 伦 仲召明
责任编辑:温哲仙
封面设计:李 佳

出版发行 人民文学出版社
社　　址 北京市朝内大街 166 号
邮政编码 100705
网　　址 http://www.rw-cn.com
印　　制 宁波市大港印务有限公司
经　　销 全国新华书店等
字　　数 139 千字
开　　本 890×1240 毫米 1/32
印　　张 6.5
版　　次 2013 年 4 月北京第 1 版
印　　次 2013 年 4 月第 1 次印刷
书　　号 978-7-02-009722-7
定　　价 25.00 元

如有印装质量问题,请与本社图书销售中心调换 电话:010-65233595

雪花莲（Snowdrop）

- 春天最早开花的球根花卉，花白色，呈下垂状。
- 莫斯科俚语，意指为冬雪埋藏的尸体，冰雪融化后才会浮现。

献给阿尔卡基、贝姬、盖伊、马克，特别是艾玛

还没看见，我就闻到了。

人行道和马路上围着一群人，有的讲手机，有的抽烟，有的正在查看，有的望向别处。大多数是警察。我走来的那个方向，视线正好被他们挡住。起初我心想，街上聚集这么多制服警察，一定是发生了车祸，再不然就是有非法移民遭到逮捕。接着，我闻到了那股气味。就像你出门度假前忘了丢垃圾，回家时扑鼻而来的酸臭气味。味道之强，足以盖过夏日正常的气味，像是啤酒和革命的气味。那股气味太明目张胆了。

来到距离人群大约十米之处，我看见一只脚。只有一只，仿佛脚的主人正缓缓踏出豪华礼车。至今那只脚仍会浮现我眼前。那只脚穿着廉价懒人鞋，鞋的上方是拉长的灰色袜子，再上方可瞥见发青的皮肤。

他们告诉我，严寒的天气把尸体保存了下来，但不知道尸体躺在那里多久了。也许躺了一整个冬天，一名警察如此推测。凶器是铆头，也可能是砖头，手法并不很利落，那警察说。他问我要不要看看尸体的其他部分。我说不用，谢谢。那年冬天我的所见所闻已超过我需要知道的。

你总是说，我从来不提我在莫斯科的那段日子，也不说我为何离开。你说得对，我总是找理由搪塞。很快你就会明白为什么。但你只是不停追问。不知道为什么最近回忆老是会浮现,无法阻挡。也许因为距离我们的“大喜之日”只剩下三个月吧,不知为何这似乎成了一种惩罚。我觉得我需要找个人说说俄国发生的事,即使会觉得痛也无所谓。并且,你也需要知道这些事,毕竟我们即将对彼此许下承诺,信守不渝。我想你有权利知道这整件事的来龙去脉。用写的可能容易一些,你不必费力做出坚强的表情,我也不必看那种表情。

所以,我全写在这里了。你想知道我的莫斯科生涯是怎么结束的,这个嘛,那天下午看见那只脚时,就差不多结束了。但那段生涯的结束其实始于一年前,九月的地铁站。顺带一提,当我把那只脚的事告诉斯蒂夫·沃尔什时,他说:“雪花莲。你那个朋友是雪花莲。”他对我说,冰雪融化而浮出雪面的尸体,俄国人称之为雪花莲。这类死者多半是酒鬼和流浪者,自我放弃而倒在皑皑白雪中,有些则是被凶手藏在积雪之中的被害者。

雪花莲:腐恶已然存在,一直存在且极为靠近,但你总能视而不见。寒冬掩藏的罪恶,有时永远不被人知晓。

1.

至少我能确定她的名字。她名叫玛莉亚·科瓦连柯,朋友叫她玛莎。我头一次见到她,她站在革命广场地铁站的月台上。我看了她的脸庞大约五秒后,她拿出小化妆镜举到面前,另一只手拿了一副太阳眼镜戴上。那时我心想,那副太阳眼镜可能是她刚刚在地下道某个小摊贩那里买来的。她倚着月台最后面的一根柱子,那里的公民雕像有运动员、工程师、胸部丰满的农场女工和手里抱着健壮宝宝的母亲。我看了她好一会儿。

在革命广场站搭乘绿线地铁会产生片刻错觉,仿佛那些雕像也要一起登上地铁车厢。旅客上车时需经过跨越地铁轨道的架高小走道,一侧可以看见一排碟状吊灯沿着月台延伸而去,隐没在列车出现的黑暗之中,另一侧可以看见往同样方向行进的旅客,只不过他们是在另一个不远处的平行小走道。那天我往右侧看去,便看见那个戴太阳眼镜的女子正往相同方向前进。

我搭上地铁,站在黄色嵌板和旧式长条形日光灯下,准备前往下一站,普希金广场站。每回搭乘地铁,这种车厢都让我觉得自己像七十年代唐纳德·萨瑟兰[1]主演的某部偏执电影中的临时演员。到了普希金广场站,我乘电动扶梯上楼,上方有状似阳具的吊灯,然后一如往常,我替后面的乘客拉开地铁出口的厚重玻璃门,接着走进普希金广场下方宛如迷宫、地势低矮的地下道。此时,她发出尖叫。

她就在我后方约五米处,一边尖叫,一边跟后脑扎着马尾的干瘦男子搏斗,因为男子想抢走她的手提包(一只招摇虚华的仿博柏利[2]手提包)。她高声呼救,而身旁的女性友人也只是高声尖叫。后来我得知她的朋友名叫卡佳。起先我只站在一旁观看,但男子扬起拳头,仿佛就要往她身上挥去,我听见后方有人发出吼声,像要出手制止。这时我往前几步,拉住干瘦男子的领子往后拖。

男子放开手提包,曲起双肘向我顶来,但并未顶到。我手一松放开了他,他一时重心不稳,跌倒在地。这一切发生得太快,我来不及仔细打量他的长相。他年纪颇轻,约矮我四英寸,满脸羞愧。他踢出一脚,不痛不痒地踢到了我的小腿,然后仓皇地爬起,跑出地下道,爬上远处一道阶梯。阶梯通往莫斯科的特维尔大街,大街斜坡从普希金广场向下延伸至红场。这条街相当于伦敦最繁华的牛津街,只不过停车乱无章法。特维尔大街的阶梯底端附近有两个警察,但他们正忙着抽烟,寻找可以骚扰的移民人士,并未注意那个抢匪。

“谢谢。”玛莎说。她摘下太阳眼镜。

---

① 唐纳德·萨瑟兰(1935—),加拿大著名演技派男影星,多饰演动作片人物、怪人,或亦正亦邪的角色。

② 始创于一八五六年的英国著名时尚品牌。

她身穿紧得不能再紧的牛仔裤，裤管塞进褐色及膝皮靴之中，白色短衫多开了一颗扣子。短衫外是一件勃列日涅夫时代的滑稽秋季外套，贫穷的俄国女子时常会穿的衣服。如果仔细看这种外套，会发现它们似乎是用地毯或海滩浴巾制成，再加上猫毛做成的领子。远远看去，穿这种外套的女子像是冷战时期惊悚电影中作为美人计的美女。她的鼻子又直又挺，肤色苍白，留着褐色长发。倘若她运气好一点，可能会是那种坐在价格昂贵、天花板贴满金箔的高级餐厅里（像是公爵府或狩猎屋）用餐的女人，嘴里嚼着黑鱼子酱，脸上对着商业巨子或人脉丰沛的石油富商露出娇纵的微笑。也许她正是这种女人，只是我不确定。

“谢谢。”她朋友说，紧紧握住我右手手指。她的手又暖又轻。我揣测那戴太阳眼镜的女子大约二十出头（也许二十三），她朋友看起来更年轻，可能只有十九岁或更小。她朋友穿着白靴、粉红色假皮革迷你裙和一件相衬的夹克，鼻子娇小尖翘，金色直发，脸上露出率真迷人的俄国女孩式笑容，直视着我。这种笑容就像我们曾在意大利里米尼海岸小村教堂里见过的婴儿耶稣的笑容，你还记得那个婴儿耶稣像吗？婴儿耶稣的稚嫩脸庞露出智慧苍老的微笑，仿佛在说：我知道你是谁，我知道你要什么，我生来就知晓万事。

“举手之劳。”我说。又用俄语补上一句：“你没事吧？”

“没什么事。”戴太阳眼镜的女子说。

“太好了。”我说。

我们对彼此微笑。我的眼镜因地铁里终年不散的烦腻热气而浮起一层白雾。地下道一个 CD 小贩正在播放民谣乐曲，歌词从酒醉的俄国歌手喉里迸发出来，听起来仿佛他打从在娘胎里就是个烟枪。

在另一个平行时空、另一场人生中，故事到此为止。那天下午我们互道再见，我转身回家，第二天继续当我的律师。也许在那一场人生中，我现在仍在莫斯科，说不定我换了份工作留下来，不曾回国，也不曾遇见你。那两个年轻女子继续过她们的生活，遇上另一个人，而有些事会发生在那个人身上而不是我身上。但我被那种冒险成功了的感觉以及做了好事的兴奋给冲昏了头。我在一个残酷无情的地方做出了高尚的行为，是个无足轻重的英雄，她们将我视为英雄，而我心存感激。

那个较年轻的女子一直把微笑挂在脸上，较年长的女子只是睁眼看着。她比她的朋友高，身高可能有五英尺九英寸或十英寸，她的身高加上鞋跟的高度，使得那一双绿色眼眸正好对上我的双眼。那对绿眼眸十分迷人。总有人得说些话，于是她用英文说："你是从哪里来的？"

我说："我从伦敦来的。"我不是伦敦人，你知道的，但我的老家离伦敦很近。我用俄语问说："你呢？"

"我们住在莫斯科。"她说。当时我对这种语言游戏已习以为常。俄国女人总是说她们想练习说英语，但有时她们也希望让你觉得你握有主导权，在她们的国家可以安全地使用自己的母语。

又一个只有微笑的沉默片刻。

"所以，谢谢你。"她朋友说。

三个人都没移动。玛莎说："你要去哪里？"

"我要回家，你们要去哪里？"

"我们只是在散步。"

"那我们散散步。"我说。

于是我们散步。

° ° ° ° ° °

九月中旬，俄国人称这段时间为"老奶奶的夏天"，天鹅绒般的暖意苦苦甜甜地舔上你的肌肤。这种温暖天气通常在农妇收割庄稼之后来到；如今在莫斯科，"老奶奶的夏天"意味着能在广场和街心花园路上露天喝酒的最后时节。（街心花园路是克里姆林宫附近的一条美丽的老街道，巷弄间有绵延的公园，里头有草地、长椅、知名作家和被遗忘的革命者的雕像）。现在是去那里最好的时节，但我们可能不会去吧。地铁站外的摊贩摆出假皮毛中国手套，准备迎接冬季；红场上的观光客仍排成长长的队伍，要参观怪诞的列宁墓。午后甚是炎热，城市里有半数女人仍穿得十分清凉。

我们从广场下方的地下道爬上狭窄阶梯，来到外头的亚美尼亚超级市场，接着穿过严重拥塞的车流，踏上街心花园路的宽敞人行道。天空除了飘着一朵云，便只见一缕烟雾从工厂或市区电厂冉冉冒出，在傍晚的蓝色天际格外清楚，十分美丽。空气中闻得到廉价汽油、烤肉以及性欲的气味。

"你在莫斯科做什么工作？可以说吗？"大一点的女子用英语问。

“我是律师。”我用俄语回答。

她们快速地低声交谈了几句话，我听不懂。

“你来莫斯科几年了？”年轻女子问。

“四年，将近四年。”我说。

“你喜欢吗？”年长的太阳眼镜女子说。“你喜欢莫斯科吗？”

我说我很喜欢莫斯科，心想她应该会喜欢听见这个答案。我发现，即使是一心想离开莫斯科前往洛杉矶或蔚蓝海岸的俄国人，潜意识里都有一股民族自尊心。

“你做什么工作？”我用俄语问她。

“我在一家店里工作，卖手机的。”

“这家店在哪里？”

“河的对岸，特列季亚科夫画廊附近。”她说。她默默地走了几步，又说：“你的俄语说得很好。”

她过奖了，不过我的俄语确实比莫斯科大部分的投机银行家和江湖郎中一般的医学顾问要好。这些人由表面光鲜的英国人、嘴上强硬的美国人和明欺暗骗的北欧人所组成，为了追赶黑金热潮而来到莫斯科，多半只往来于办公室、有警卫的公寓、以公款付账的妓院、高级餐馆和机场之间，会说的俄语词汇只有二十几个。我说的俄语近乎流畅，只不过第一个音节还没说完，口音就泄了底。玛莎和卡佳一定在我开口说话之前，就看出我是外国人。我想，我应该很容易被从外貌看出来。那天是周日，我去了一个孤身一人会计师家里参加一场怪异的外国人聚会，正要回家。我穿了一件颇新的牛仔裤和麂皮靴子，深色V领毛衣，里头是马莎百货的衬衫，莫斯科人通常不会这样穿。莫斯科有钱人会穿印有电影明星的T恤和意大利皮鞋,没钱的大多数人则穿军队剩余物资走私品或廉价的白俄罗斯靴子和颜色暗淡的裤子。

玛莎的英语发音甚为标准,只不过文法有点杂乱。有些俄国女人说英语会把嗓音拉高,像在发表过度激昂的演说。玛莎说英语时反而降低音调,几乎像在咆哮,碰到R便饥渴地卷舌,仿佛狂欢了一整夜或经历了一场战争。

我们往啤酒棚的方向走去。啤酒棚通常在五月的第一个温暖夏日搭起来,整个城市仿佛都移到了街上,什么事都可能发生。到了十月,老奶奶的夏天结束后,啤酒棚便会收起来。

"请告诉我,我朋友跟我说英国有两个……"年轻女子说。

她停顿下来,跟年长女子用俄语交谈。我听见"热"、"冷"、"水"这些字。

"那叫什么?水出来的地方,在浴室里?"年长女子问。

"水龙头。"

"对,水龙头,"年轻女子继续说,"我朋友说英国有两个水龙头,所以热水有时会烫到她的手。"

"对,是这样。"我说。我们走在街心花园路的人行道上,附近有一些跷跷板和摇晃的溜滑梯,还有个胖老妇正在兜售苹果。

"伦敦常常起大雾?是真的吗?"她又问。

"不是真的。一百年前才会,现在不会了。"我说。

年轻女子垂眼望向地面,戴太阳眼镜的玛莎露出微笑。我经常回想,那天下午我究竟看上她什么地方了?我想,我除了喜欢她那瞪羚般细长结实的身体、她的声音、她的眼眸外，便是她那讽刺的神态，那种神态仿佛在说她已经知道事情会如何结束，而且希望我也知道。也许这只是后见之明，但我觉得她那时已经在向我道歉了。对她来说，人与其行为是分隔开的，你可以埋葬你做过的事，抛诸脑后，仿佛你的过往属于另一个人。

我们来到街心花园路和我住的那条街的交叉路口。遇见你之前，我习惯有美女相伴。我紧张而轻率，像在演戏，过着别人的生活，而且必须尽可能享受这样的生活。

我比个手势说："我住那里。"然后我听见自己说："你们想不想上去喝杯茶？"

我知道，你一定会认为说这种话太可笑了，竟然使出这种招数。但是在几年前，在莫斯科的外国人还很神秘，律师赚的薪水也会赢来一个肯定的回复。这招可能奏效，这招曾经奏效。

然而，她说"不"。

"不过，你可以打电话给我们。"她说。她望向年轻女子，年轻女子从左胸口袋拿出一支笔，在无轨电车车票背面写下电话号码，递给我。

"我叫玛莎。她叫卡佳，是我妹妹。"她说。

"我叫尼克。"

身穿粉红色迷你裙的卡佳倚在我身上，吻了吻我的面颊。她对我露出另一种微笑，亚洲式的微笑，不带任何含意。她们继续沿着街心花园路走，我看了她们好一会儿。

○ ○ ○ ○ ○ ○

街心花园路上到处都是豪饮、嗜睡和接吻的人，帮派分子和青少年聚在蹲着的吉他手身旁。天气依然温热，我住的那条街上，街角一家餐馆的窗户全都敞开，让夏天经常聚集于此的高人气妓女和一般妓女透透气。餐馆周围的人行道上停满乏味的黑色奔驰和悍马越野车，我得走上马路才能绕过这些车。我转个弯，踏上我住的那条街，沿着芥末色教堂的旁边往我的公寓走去。

我猜这应该是另一天了，也许是因为眼前事物似乎属于地铁站初遇的那一天，所以我把这些回忆记成了发生在同一天。但印象中，我首次看见那辆俄制"日古利"①轿车是在同一天的晚上。那辆日古利停在我的公寓那一边的马路上，前后停了两辆宝马，它被夹在中间，仿佛一缕来自昔日俄国的幽魂，或是一道"找出不同"游戏的简单答案。日古利的外形有如儿童画笔下的汽车：轮胎上叠个箱子，箱子上再叠个箱子，然后画上一个火柴棍司机和方向盘，外加滑稽的圆形车头灯。如果儿童作画兴致高昂，还会再加上圆圆的瞳孔，让车头灯更像眼睛。日古利是大部分莫斯科男人花大半辈子时间等待购买的车，他们或许会告诉你说他们打算买一辆日古利，目前正在存钱，而且排上了购车等候名单。柏林墙倒掉之后，俄国人在电视上看见了美国现况，他们人脉较佳的同胞买了进口新款轿车，这才发现原来他

① 即经典款拉达，在苏联时期曾是身份地位的象征。

们连梦想都很寒酸。虽然我不太确定，但眼前这辆日古利原本可能是暗橘色的。车子侧边沾满泥土和油污，像坦克车上过战场后的样子，车身晦暗。如果你对自己全然坦白，便会知道在莫斯科待了几年之后，你的内心也会变得如此晦暗，也许连灵魂也晦暗了。

通往我住的那栋公寓的人行道年久失修，逐渐和马路融为一体，如同绝大多数的俄国人行道。我经过教堂庭院和那辆日古利来到公寓门口，在对讲机上键入密码，开门进入。

我住在莫斯科一个公寓街区，这一区的公寓建得富丽堂皇，是命数已尽的富裕商人在革命前建造的。这栋公寓就跟莫斯科市一样，经过时间摧残，像由几个不同的建筑物拼拼凑凑而成。丑陋的电梯是后来加装的，顶楼则加盖了第五层楼，但公寓里面仍保有原本的螺旋状铁制楼梯。公寓里每一户的大门几乎都由可防斧头砍劈的钢铁材质制成，表面包覆一种皮革衬垫作为装饰，这种风格让人觉得整个莫斯科高级住宅区是个安全欠佳的避难所。来到三楼，我闻到猫沙的气味，听见邻居奥列格·尼古拉耶维奇家中传出俄国交响曲那让人精神崩溃的尖锐乐音。来到四楼，我在皮革衬垫门的门锁上用钥匙转了三圈，推门而入。我走进厨房，在餐桌前坐下，从皮夹里拿出上面写了玛莎电话的电车车票。

过去在英国，在认识你之前，我只和一个女人发展出你可能会严肃地称之为“亲密关系”的关系，我想你应该认识那个女人。她就是娜塔莉。我们在大学里认识，但在参加某人在肖尔迪奇区举办的生日派对，大家都喝得烂醉之前，我们从未把彼此视为可能的交往对象。我想我们开始发展关系之后，两个人都没有能力结束它。六七个月之后，她搬进我的老公寓，而我其实没有真的同意，也没有不同意。后来她搬出去，说她需要想一想，也希望我想一想。我不能说我感到解脱，但也不能说我受到严重打击。我在去莫斯科之前，就跟她断了联系。

我认识的几个俄国女人，似乎都有希望成为我的正式女友，但我们交往通常不超过一个夏季就分手了。其中一个女人因为我不顺她的意而十分懊恼：她希望我买一辆车，顺便雇一个司机，还希望我去买一只可笑的小狗，在克里姆林宫附近的卵石路面小巷的精品店里，经常可以看见有人牵着那种小狗逛街。我记得还一个女人，应该叫达莎，她在我家睡过三个晚上之后，便开始在衣橱里和卧室洗脸盆上方的小柜子里藏东西：一条围巾、一个空香水瓶、一些字条上面用俄文写着"我爱你"。我问过斯蒂夫这件事(你还记得斯蒂夫吧？那个好色的驻外记者。有一次我跟他在苏活区碰面，你也去了，而你不喜欢他)，他说达莎是在替自己的地盘做记号，好让我带回家的其他女人知道此地已有别人进驻。那年九月，我开始对自己在莫斯科认识的女人变得小心谨慎，原因是艾滋病，以及外国男人去夜店的遭遇。有些外国男人去夜店认识女人，上厕所时把饮料留在桌上，醒来后却发现自己坐在一辆陌生出租车的后座，皮夹被洗劫一空，或是醒来后发现自己趴在水洼之中，或偶尔她们下药剂量过重，使得这个外国男人从此再也醒不过来。

现在要跟你签字的这样东西，我一直无法理解它究竟是什么，我哥哥那种人拥有这样东西，我姐姐曾经认为她拥有这样东西，最后才发现她其实并未拥有：那是一张合约、一种协议，代表从今以后你只能面对同一具身体。回报是你有了依靠、有了宠物，在你想哭的夜晚有人会抚摸你的头。老实说，我总认为自己永远都不会想要这样东西，认为自己是那种没有婚姻束缚会比较快乐的人。我之所以会对婚姻兴趣寥寥，也许是因为我的父母。我的父母结婚时过于年轻，没经过深思熟虑就生下孩子，最后完全遗忘当初究竟是喜欢对方哪一点。在我眼中，我爸妈似乎只是耐着性子待在婚姻里，像两条被绑在同一间狗舍里的狗，累得不想再跟对方争斗。他们在家总是看电视，这样就不必跟对方说话。我相信他们偶尔会一起出去吃饭，就像外面那些时而可见的冤家夫妇，沉默地对坐在餐桌旁咀嚼食物。

但我遇见玛莎那天正值九月，不知为何我心想她可能是我在寻找的“真命天女”。这个机会是多么渺茫，以至于它看起来十分美妙。那是一种身体的感觉，但不仅是这样而已。也许只是她出现的时机对了，但我仿佛可以看见她泡咖啡的身影，长发在浴袍后面飘荡。我想象我们坐在飞机上，她的头倚在我身上熟睡。倘若对你直言不讳，我几乎会称这次相遇为“坠入情网”。

厨房敞开的窗户飘入白杨树的气味，伴随着汽车喇叭和玻璃破碎的声音。我内心有一部分希望玛莎成为我的未来，另一部分则希望自己做该做的事，把写有电话号码的车票扔出厨房窗户，丢入充满希望的粉红色夜晚的气息中。

2.

第二天，我打电话给她。俄国人不会故做矜持、害羞等待、装模作样，就像你跟我在伦敦玩的那种约会谍战游戏。不过，我害怕无法克制自己。我进入她的语音信箱，留了我的手机号码和办公室电话。

过了三周，没有半点音讯，我几乎都快不想她了。只是几乎。我让自己忙于工作，就像当时在莫斯科的其他西方律师一样，这样有助于我不去想她。西伯利亚的地底不断喷出石油黑金，同时另一波钱潮不断涌入俄国。新兴的俄国企业集团当时正彼此疯狂厮杀，外资银行则借贷上亿资金给这些企业集团，好让他们攻城略地。银行家和俄国商人来我的办公室谈条件：银行家身穿双袖扣衬衫，脸上挂着亮白微笑；粗悍的前克格勃石油商人穿着紧身西装；我们则准备融资文书，从中赚取酬金。我服务的公司位于帕维列茨卡娅广场的一栋米色大楼中，这栋大楼虽未如同建筑设计师预期的那样豪阔，却是莫斯科半数驻外人员白天得以栖身的空调空间。广场另一边是帕维列茨基火车站，那里是酒鬼、游民、吸胶[1]少年这些从俄罗斯绷索上跌落

① 胶的气味会带来快感。

的可怜虫的活动场所。火车站和大楼隔着广场相望,仿佛战争开打前实力悬殊的两方军队。

公司有个新来的秘书叫奥尔嘉,脑筋十分聪明,喜欢穿紧身裤装,我记得她应该是从鞑靼斯坦来的。我想她现在一定拥有自己的管路进口生意或唇膏配销公司,生活在新俄国梦当中。她有一双深褐色眼眸和性感的颧骨。我们经常开些无伤大雅的玩笑,比如我会说我要带她去看伦敦,那么她有什么可以给我看?

十月中旬,玛莎打来电话,用她那近似咆哮的声音问我想不想跟她和卡佳共进晚餐。

"早上好,尼古拉斯。我是玛莎。"

她显然认为不需要交代自己姓什么,而她的判断无误。我只觉得血液冲上颈部。

"哈啰,玛莎,你好吗?"

"我很好,谢谢,尼古拉斯。请告诉我,今天晚上你要做什么?"

最初的电话总是很有趣,你说是吗?跟一个一直盘踞在脑海里的新朋友说话,却对她一无所知。这些尴尬的时刻可能是生命的转折点,或许会带来无限的可能性,但也可能什么都不会发生。

"不做什么。"我说。

"我们想邀请你吃晚餐,你知道一家叫'梦东方'的餐厅吗?"

"梦东方"。我知道这家餐厅。"梦东方"是一家庸俗的高加索餐厅,设在一片大平台上,平台系在岸边,漂浮在高尔基公园对面的莫斯科河上。如果是在伦敦,建议去这种餐厅吃饭只会让人嗤之以鼻;但在莫斯科,这个提议意味着沿堤岸在夏夜里漫步、深红色的高加索红酒、其他人对苏维埃阳光假日的怀旧之情、愚蠢的舞蹈,以及自由。她说她们订了八点半的位子。

。 。 。 。 。 。

同一天,同一天下午(这次我很确定),我第一次见到那个人称哥萨克[①]的男子。他出现在我们位于帕维列茨卡娅大楼九楼的办公室,脸上嘻嘻作笑。

我们被指派代表一个西方银行团执行五亿美元的融资事宜,这笔融资将分三期拨付,我们执行这项业务可以快速捞到一笔丰厚酬金。借方是人民石油公司和一家不知名物流公司的合资企业(也许你记得曾在什么报刊上听说过人民石油这家公司:人民石油是一家大型国家能源公司,利用假诉讼和虚构税款吞食了克里姆林宫运用寡头政治抢劫而来的资产)。这两家公司提出在巴伦支海建造漂浮式油槽的提案。老实说,我并未仔细查看建造地点究竟在哪里,直到后来我亲自跑了一趟。他们计划改造一艘大型苏维埃油轮,把它固定在海面上,输油管从油槽连接到岸边,用来输送石油。

人民石油公司准备在纽约上市,需要在账面上看起来十分健全。为了让这起工程项目不至于在资产负债表上形成债务,人民石油管理层找来一个伙伴,另外成立一家公司以便执行这个工程项目。这家专项公司登记在英属维尔京群岛,挂名负责人便是这个哥萨克。

---

① 生活在东欧大草原的游牧民族,历史上以骁勇善战和精湛骑术著称。

事实上，我喜欢哥萨克这个人，至少在一开始的时候是这样。我想在某种程度上，他也以他的方式喜欢我。他具有某种惹人喜爱的特质，也许是那毫不掩饰的快乐主义，也许是那麻木的犯罪行径。说我嫉妒他或许比较恰当。他身材矮小，大约五英尺六英寸，比我矮了足足半英尺，留着男孩团体式的刘海，身穿价值一万美元的西装，嘴角泛着谋杀者的微笑，兼具耀眼和危险两种特质。走出电梯时，他身上什么也没带，没带公事包，没带文件资料，没带律师团，只带了一个身形如坦克车、一颗光头有如城堡塔楼的保镖。

我已拟妥一份委任书，算是初步合约，哥萨克必须代表他的合资企业签这份委任书。几天前我们传真了一份委任书副本给他的律师，委任书内容主要是说主办银行保证会汇集资金，并说服几家银行共同参与融资，分散风险，而哥萨克保证他们不会向其他银行借款。我们带领哥萨克前往位于开放式办公室角落的玻璃墙会议室。“我们”指的是我、我的上司保罗，以及谢尔盖·鲍里索维奇。保罗已四十好几，但身材仍保持苗条，是个精明练达的意大利中年男子，一侧头发爆出一片美丽白发，有个令他避之唯恐不及的老婆。九十年代初期的一天早上，保罗在米兰家中舒适的床上醒来，嗅到东方飘来一丝金钱的气味，便跟随这股气味来到俄国，结果一住就住得太久。谢尔盖是我们部门里一个热心的年轻俄国人，个头不高，一张脸活像是一颗困惑的马铃薯。他曾参加学生交流计划，去美国北卡罗来纳州学习英文，但他是从看 MTV 开始学英文的，最爱用的字眼依然是“极度”。

我们把文件递给哥萨克。他翻开第一页，又翻了回去，推开文件夹，靠上椅背，鼓起双颊，环顾四周，仿佛在等待某件事发生，也许是一场脱衣舞，也许是一起刺杀事件。莫斯科河对岸的新救赎修道院有如洋葱般的蓝金色圆顶，透过九楼玻璃窗对我们眨眼。然后他开始说笑。

哥萨克的幽默比较像一场战争。听他说笑，如果你笑了，内心会浮现罪恶感；如果你不笑，会觉得生命有危险。他问你私事时，感觉总像勒索的前奏。

他跟我们说他是哥萨克人，我记得应该是来自斯塔夫罗波尔市，或是南部的某个不毛之地。接着他问我们知不知道哥萨克代表什么意思？他解释说哥萨克的历史使命是，要让位于俄国腋窝的“黑人”安静下来。又说我们怎么不去北方的油槽建造工地，去他新的工作地点探望他？他会用哥萨克式热情来招待我们。

“也许找一天吧。”保罗回答。我说我有个老婆在莫斯科，她不喜欢我出远门。这就是为什么我很确定我见到哥萨克的那天，跟我和玛莎和卡佳共进晚餐是同一天，因为我记得自己说过这些话。这些话感觉像个廉价的谎言，也许只是个临时的谎言。

“这样啊。”哥萨克用俄语说。“你可以有两个老婆，一个在莫斯科，一个在北极。”

他抽了口烟，露出牙齿。然后他看也没看就签了那份委任书，打了个嗝，露齿而笑。我们送他和保镖到电梯间。他跟我们道别时突然沉郁下来。“各位，”他边跟我们握手边说，“这次的项目很特别，俄国感谢你们。”

“涂口红的猪。”电梯门一关上，保罗便说。每当我们碰上像哥萨克这种没教养的生意人，就会如此称呼。悄悄跟你说，这类生意在当时占我们总营收的一半，即使有消毒用的合约、承诺、担保人、公开事宜，仍无法美化这类生意。这类生意就像合法洗钱，有时会让人觉得卑鄙下流。那时我常告诉自己：就算我们不接这类生意，还是有别人会接，我们只是中间人，提供资金给俄国人、让他们拿着贷款做些不知道是什么事的人又不是我们。我们的工作只是确保客户最后可以把钱拿回来。这是律师常用的借口。

“涂口红的猪。”我同意说。

“极度涂口红的猪。”谢尔盖说。

那天下午我在恍惚中度过，就像你去面试工作或去医院看诊并感到不祥时会陷入的状态。别人跟你说话，你只是点头和回答，并未完全听进去。你的表仿佛每分钟都在偷懒，慢慢地走，你每次看表都觉得时间怎么过得那么慢，怎么还要等那么久。最后你忽然紧张起来，想要退出，因为时间突然快了起来，时间快要到了。那天晚上六点左右，我回家换掉那身愚蠢的西装，进浴室洗澡，做好准备以防万一。

3.

那时我还没开始躲着邻居奥列格，几乎天天都能见到他。每回我上下楼梯，只要看见他站在自家门外的楼梯平台上，我都假装不知道他在等我。我刚搬进来时，在莫斯科没认识什么人，因此很喜欢跟奥列格聊天。他对我的洋泾浜俄语很有耐心，给了我许多明智的建议，要我避开城里某些地区。安顿下来后，偶尔跟他闲聊几分钟对我并不会造成什么负担。我也觉得自己欠他人情，而且有时和他说话还挺有趣的。

奥列格一个人住，只有一只猫咪作伴。他留着白胡子，头发及耳。他曾说自己是一本文学期刊的编辑，但我不确定那本文学期刊是否仍在出版。他是那种小心翼翼的俄国螃蟹，攀附着海床，知道何时该躲藏，何时该保持安静，擅于避开危险，也不招惹任何危险。他又老又寂寞。我出门前往梦东方餐厅时，碰到他正在楼梯平台上徘徊，身上围着一条漂亮的丝质围巾。

"晚安，尼古拉斯。律师生活怎么样啊？"他用俄语说。我说我很好，并问他过得如何。

"老样子。"他答道。

我跟他说不好意思，我赶时间。我猜我赶时间的原因昭然若揭，因为我全身上下都飘散着须后霜的气味，身上穿的是我参加婚礼才会穿的蓝绿色艳俗衬衫。我擦的须后霜就是我有时会用的、你说闻起来像马尿的那一种。我还抹了发油，把头发梳得平平整整，这一招十分失策。

“尼古拉斯·伊万诺维奇！”他说，伸出一根毛茸茸的手指。我知道他就要说出他最爱的那句俄国谚语：“只有捕鼠器里才有免费的奶酪。”

我匆匆下楼，鼻子里闻到他家屋内飘出猫沙、腐蛀的百科全书，和存放已久的香肠的气味。我一次跨过两级台阶，快步而下。

只要我闭上双眼，那晚的经过就会在我眼前浮现，仿佛那些画面被保存在七十年代画质不佳的家庭录像中。

离开公寓时，天已渐黑，寒冷的空气让人觉得天快要下雨了。我朝街心花园路走去，看见那辆橘色日古利里坐着两个男子。儿童画了汽车之后，再画进车里的绝对不会是他们那种人。我跟他们目光交接，立刻又把视线移开，就跟在伦敦一样；在莫斯科更是必须如此。你常会在莫斯科的拱道、停车场或地下道里看见某些事物，然后惊觉还是别看的好。我快步走向街角，伸手拦出租车，第二辆或第三辆车就停了下来。我在俄国一直没买车。刚来的时候，保罗叫我立刻买车来开，如果要等到熟悉混乱的交通、路上的冰雪和交通警察之后才买车，那永远也买不到。他说得对。令人意外的是，莫斯科的非正式出租车是种安全的交通工具，只要遵守两个简单原则即可：如果司机另有朋友在车上，不要上车；如果司机比你醉得更厉害，千万不要上车。

我想那晚的司机是个格鲁吉亚人，他在挡风玻璃上贴了两个小小的圣母像，小圣母像总能让我觉得比较安全，也比较脆弱。搭这种车，我的喉咙被划开的可能性比较低，但我的生命是交给一个认为查看后视镜或煞车是神担心而非他自己担心的司机手中。我伸手去系安全带，却换来司机的严厉警告，说明系安全带的危险，以及他开车保证安全。他是个难民，是邪恶的苏联帝国瓦解后，从高加索地区爆发的肮脏小战争里逃出来的。我开始搭莫斯科出租车之后才听说这些战争。他开始告诉我战争的故事，车子奔入全天拥塞的新阿尔巴特街下面的隧道（新阿尔巴特街是一条宽敞、野蛮、开满精品店和赌场的大道），高速驶过俄罗斯作家果戈理的雕像。车子行驶到克鲁波特金地铁站、莫斯科河畔，以及俄国人在九〇年代匆匆建造的一座仿制教堂时，司机的双手放开方向盘，做了个分尸弃尸的手势。

最后车子在河堤旁停下。我付他讲定的一百卢布，又心软多给了五十卢布小费，然后穿越车流来到街道靠河的那一边。这时天空开始飘落毛毛细雨，我看见黑色河流对岸高尔基公园里的白色太空船和摇摇晃晃的过山车轨道。我穿过小跳板，走向漂浮在河面上的餐厅，这时我看见一个身穿紧身游泳裤的男子爬上河岸，上了旁边的平台。

那家餐厅嘈杂喧闹，每位客人都扯开嗓门说话，好让声音盖过其他人。身穿鲜艳民族服装的乐队正在演奏美国流行歌手弗兰克·辛纳屈的名曲,乐音中带有阿塞拜疆民族的情调。一个女服务生拦下我,我说我约了人,却发现自己不知道玛莎用什么名字订位,也不知道她的名字是不是真叫玛莎。就在那个片刻,我心想,我穿着蓝绿色衬衫在这个疯狂的国家做什么?要玩这种游戏我已经太老了,我已经三十八岁了,我来自英国的卢顿呢。然后我看见她们在餐厅另一头对我招手,她们坐的那个区域装潢得像中世纪帆船。我曲曲折折地穿过餐厅,她们起身迎接。

"哈啰,尼古拉斯。"卡佳用英语说。

眼前这种对比总叫我不安。卡佳的声音听起来像女学生或卡通人物,但她的一双长腿穿着白色皮靴,膝盖以上到裙摆完全裸露,穿着如同拉拉队队长或猫头鹰餐厅①的女服务生会穿的打褶迷你裙。她的金发披肩。对很多男人来说,卡佳非常具有吸引力,但对我而言,她有点太年轻、太显眼了。她仍在尝试不同的走路姿态、发型、身体弧线,尚未定型。

"哈啰,尼古拉斯。"玛莎说。她穿了一件几乎可以搭配我的衬衫的迷你裙,以及一件相较之下显得端庄的黑色套衫。她涂了唇膏和睫毛膏,但不像一些女人涂得那样滑稽;指甲油则是血红色的。

① 一家连锁餐厅,特色是性感年轻女服务员在顾客用餐时表演跳舞。

我在她们对面坐了下来。我背后那桌坐着六七个大声喧嚣的男性生意人,另有七八个女子坐在他们之间,个个都年轻得可以当他们的女儿,但都不是他们的女儿。

当然,我们没什么话可说。

我们低头看菜单看了许久,盯着一长串得花很多时间细看的肉类和酱汁(菜品旁边有两排数字,代表价格和每道菜的重量,就跟多数的莫斯科餐厅一样,菜单上透明化地列出详细说明,好让客人知道自己没有吃亏)。我的眼睛不由自主地瞄到皇家烤肉和海鲜总汇的价格。单身生活会让人变得节俭,即使你已满脸通红也会保持这种习惯。

“那么,尼古拉斯,你为什么来我们俄国?”玛莎用英语说。

“我们说俄语好了,这样比较方便。”我说。

“求求你,我们需要练习英文。”卡佳说。

“好吧。”我说。我不是来梦东方餐厅跟她们争吵的。后来我们几乎都用英语对话,除非必须跟其他俄国人说话。

“好,那么,为什么来俄国?”卡佳说。

我给个简单版本:“因为我想冒险。”

这个回答并不完全是真的。现在我知道去俄国的原因是我发现自己进入了三十多岁的失望期,年轻的气势和野心开始消退,朋友的父母开始离世。这是个“人生就这样了吗?”的时期。我在伦敦认识的人,结婚的开始离婚,不养猫的人开始养猫,有些人开始跑马拉松或皈依佛教好帮助自己度过这段时期。我的方式则是去参加那种逃避式的福音研讨会,你说过在我们认识之前,你也去参加过几次。事实是,公司问我愿不愿意去莫斯科,只要待个一年或两年。他们暗示这是成为合伙人的捷径。我一口答应,于是便逃离伦敦,逃离我不再年轻的事实。

她们露出微笑。

“公司要我来莫斯科的办事处,这对我来说是个好机会。还有,”我补充说,“我一直想来俄国看看,我爷爷在大战时期来过俄国。”

这部分是事实,你知道的。我从来没有机会好好了解爷爷,尽管小时候经常听说他的战争功绩。

“你爷爷在哪里服役?他是间谍吗?”玛莎问。

“不是,他是水手。他在护航舰上服役,你知道护航舰吗?就是那种把补给品从英国运到俄国的船。他们的护航舰会开到北极、阿尔汉格尔斯克市和摩尔曼斯克市。”我说。

玛莎倾身跟卡佳低声说话,我想她是在翻译。

“真的吗?不是开玩笑?他去过摩尔曼斯克?”她说。

“对啊,还不只一次。他很幸运,他们的船从来没被击中过。我想战后他很想回俄国看看,但那时是苏联时期,所以不太可能。这些都是我父亲跟我说的,我爷爷在我小时候就过世了。”

“真有意思。我们就是从那个城市来的,摩尔曼斯克是我们的家乡。”卡佳说。

就在此时,服务生来到桌边替我们点菜。她们都点了串烤鲟鱼。我点了羊肉,又点了塞有奶酪和香草的阿塞拜疆薄烤饼、包有胡桃泥的茄子卷、石榴酱汁以及半瓶伏特加。

我爷爷去过她们家乡似乎是个重要的巧合或话题。我问她们为什么住在那里，因为我知道摩尔曼斯克市是个受到特别管制的军事城市，有特殊原因你才会住在那里，或者别人有特殊原因把你留在那里。

玛莎看着我的双眼，用右手的红色指甲轻叩自己的肩膀。我心想我应该说些什么或做些什么做为回应，但我不知道究竟该如何回应才好。过了几秒钟，我同样也用手指轻叩自己的肩膀，这个举动引得她们大笑。玛莎仰头大笑，卡佳则红着脸压抑地笑；在课堂上大笑时，这种笑法可以让你避免惹上麻烦。

“不是啦，军人在这里的东西是叫什么？”玛莎说，并再度轻叩自己的肩膀。

“肩章？”我说。

“当俄国人做出这个手势，”她说，依然轻叩肩膀，“就表示这个人是军人或警察什么的。”

“你父亲？”

“对，他是水手。我父亲的父亲也是水手，就跟你爷爷一样。”她说。

“对，我们的爷爷也跟护航舰并肩战斗，说不定他们彼此认识喔。”卡佳说。

“说不定喔。”我说。

我们都露出微笑，坐立不安。我看着玛莎，只要一被她瞧见我在看她，我就立刻移开视线，玩起那种第一次约会的猫捉老鼠游戏。从她们身后布满雾气的窗户望出去，我看见雨丝开始落入河中，隐约看出安静的公园游乐设施和克里姆斯基大桥的形状，更远处则是荒谬的彼得大帝巨型雕像站立在河上闪烁微光，雕像附近是“红色十月”巧克力工厂。

我请她们说说在摩尔曼斯克市的成长岁月。玛莎说在摩尔曼斯克市成长当然很辛苦，而在莫斯科成长当然不辛苦。不过到了夏天，摩尔曼斯克整天天空都是亮的，半夜可以去森林散步。

“而且我们有那个！”卡佳说，伸手指向高尔基公园那座摩天轮的肋状结构，脸上又露出微笑。在我看来，她是个毫无恶念的纯真女孩，一座摩天轮对她而言就如同一整座迪士尼乐园。

“只是，要坐的话太贵了。八十年代，戈尔巴乔夫执政时期，我还是个小女孩，只能看着摩天轮，心想它真的好美。”玛莎说。

我问：“你们为什么离开家乡？为什么来莫斯科？”

我想自己早已知道答案。大部分从乡下省份来到莫斯科的少女，身上带的钱只够让自己打扮得美美地度过几周，她们睡在别人家的地板上，四处找工作或寻觅理想中的男人，这个男人可以让她们飞上枝头当凤凰，住进卢布廖夫路上“炫富精英”①豪宅的电篱笆内。倘若这个男人已有妻室，他会把她安置在“牧首塘”附近的公寓里：莫斯科的牧首塘就好比伦敦的汉普斯特德高级住宅区，只不过多了许多自动步枪。他一周只会来烦她两次，等他玩腻了，就把房子留给她。那段时期，充满渴望的长腿女子是俄国仅次于石油的国家主力产品，无论是在英国里兹市或美国明尼阿波利斯市，只要上网就能

---

① 炫富精(Elitny)，英文新词汇，意指喜欢通过高调挥霍金钱来炫耀财富的精英人士，有别于一般喜欢低调行事的精英。

订购。

“因为家里的关系。”玛莎说。

“你们的父母搬来莫斯科?”

“不是。我爸妈还留在摩尔曼斯克,但我必须搬出来。”

她又做了个手势,这次我明白了她的意思。她举起手,用食指轻拍白色颈部的一侧。酗酒,这是俄国人通用的表示酗酒的手势。

“你父亲?”

“对。”

我想象她们在摩尔曼斯克经历数不尽的争吵、流过数不尽的眼泪;父亲在发薪日总会喝得酩酊大醉,小女孩躲进卧房,想象那个她们坐不起的摩天轮。

“现在,只有妈妈还活着。”玛莎说。

我不确定该不该说我很遗憾。

“不过,我们在莫斯科也有家人。”卡佳说。

“对,莫斯科不是只有我们而已,我们还有个阿姨,也许你可以见见她。她是个老共产党员,我想你应该会觉得很有趣。”玛莎说。

“我很想见见你阿姨。”

“我们在摩尔曼斯克什么事都不懂,所有的事都是在莫斯科学的,所有好的、坏的事。”玛莎说。

服务生把我们点的菜肴一次端上桌。高加索餐厅总是这样,完全不重视前菜和主菜的概念,忽视前菜和主菜会带来不同的欣喜和满足。我们开始用餐。身后那桌生意人已对食物兴趣缺乏,只是大剌剌地伸手往女伴身上摸。那一桌烟雾熏天,我想他们可能连洗澡时都抽烟。

我想知道玛莎和卡佳住在哪里。她们说在列宁格勒路租了间房子住。列宁格勒路是通往舍列梅捷沃机场和北方的一条公路，经常塞车。我问玛莎是否喜欢她在手机店的工作。

“只是份工作，不是常常有趣。”她嘲讽地笑了笑。

“你是做什么的，卡佳？”

“我念 MGU。”她说。MGU 就是莫斯科国立大学，俄国的牛津大学，但只要花钱买通，谁可以入学、毕业，然后拿到学位。“我念企业管理。”她说。

我自然而然生出敬佩之意，于是我开始述说自己在伯明翰念大学的往事，但玛莎打断我的话头。

“我们去跳舞。”她说。

乐队正在演奏《浴火重生》这首歌，速度比原曲快上两倍，演奏到副歌时，乐师们就像是高加索丧礼上一群送葬者。舞池里跳舞的客人只有一个兴奋的小女孩和她步伐蹒跚、喝得微醺的父亲，显然是小女孩把父亲拖到了乐队前方跳舞。玛莎和卡佳扭腰摆臀，偶尔还演出女同志耳鬓厮磨的舞码，这种舞码在当时的莫斯科十分盛行，只有不怕损失什么的人才能跳得如此自然不造作。这是我喜欢玛莎的另外一个原因：她可以活在当下，为了快乐而抛开过去和未来。

我笨手笨脚踩着舞步，试着稍微扭动身体，随即觉得自己可能扭得太过火了（我知道婚礼当天我们要跳舞，我没忘记在那之前我得先去上舞蹈课）。玛莎牵起我的手，磕磕绊绊地跟我跳了几分钟双人舞，而我只是死命抓着她。最后终于跳完这首曲子，可以回到座位，我如释重负。

“你跳得真好。”卡佳说,两人都笑了起来。

“敬女人!”我说。这是标准的撤退式敬酒,但既然这里是俄国,被敬酒的人也必须饮酒。她们举起矮胖的伏特加小酒杯,跟我的酒杯叮的一声微微相碰,然后举杯喝掉。

也许她们是有目的才约我吃饭,而非仅仅是出于好奇或只是想找人请客,但我仍然不知道她们的目的是什么。在莫斯科,重头戏通常会在第三次约会上演,就跟在伦敦一样。我想就算在火星可能也是一样。如果是夏天,重头戏可能会在第二次约会。不过至于卡佳,我不知道她扮演什么样的角色。

“你想不想看我们的照片?”玛莎问。

她对卡佳点点头,卡佳拿出手机。俄国女孩喜欢替彼此拍照,也许是因为觉得照相机很新奇,而且能被拍照代表自己很重要。

“是在敖德萨拍的。”卡佳说。她们说夏初之时她们去了敖德萨,显然她们在那里有亲戚。似乎每个俄国人在敖德萨市多少都有亲戚(就像西班牙特内里费岛和意大利西西里岛巴勒莫市的居民总有血缘关系一样)。

我们倾身俯在餐桌中央,卡佳用手机小屏幕播放照片。第一张照片是在酒吧拍的,她们跟另一个女孩合照,卡佳在大笑,视线望向镜头外,像是在跟镜头外的某个人谈笑。第二张照片她们在沙滩上,身穿比基尼泳装并肩站立,背景看起来有点像是埃及金字塔。再下一张是玛莎的自拍照,她对着衣橱更衣镜自拍:她站在镜子前,一手放在臀部上,另一手拿着相机,以至于脸部有四分之一模糊不清。镜中的她只穿了一件比基尼短衬裤,别无他物。

我靠上椅背，问她们想不想到我的住处喝杯茶。

玛莎认真地看着我的双眼，说好。

我向服务生挥挥手，在空中签字——一种国际通用的“买单”手势。你在青少年时期常会看见父母使用这个手势，心想自己永远用不上。

走出餐厅，外头冷了许多。我在俄国度过了三个冬季，知道冬天已然降临：这是真正的寒冷，空气中的寒意将延续至四月。莫斯科河下游的发电厂冒出白烟，凝结在厚重的夜幕之中。天空仍飘着毛毛细雨，雨丝打在我的眼镜上模糊了视线，让每样东西看起来都比实际上古怪。玛莎穿着一件猫毛外套，卡佳穿上了紫色塑料雨衣。

我伸手叫车，一辆已经驶离我们二十米远的车突然刹车，然后倒车开上人行道。司机开价两百卢布，尽管是漫天喊价，我还是答应下来，坐进前座。司机是个令人憎厌的肥俄国佬，留着小胡子。车子挡风玻璃中央有一道裂纹，似乎是被额头撞过或被子弹击中过。车上装有一台迷你电视，用劣质手法接在点烟器上。司机一边载着我们沿河畔行驶，一边观看俄语配音的巴西肥皂剧。前方天空里闪耀的星星高挂在克里姆林宫塔楼和红场后方圣瓦西里大教堂有如童话般的圆顶上，一旁则是浑浊的莫斯科河，尚未结冰，神秘地盘绕穿越这座疯狂的城市。肥俄佬的车宛如一座移动天堂，提供十分钟的乐园，里头充满希望和惊奇。

只要细看我住处的天花板，就可以看见纵横交错的格状皱痕，述说着这栋公寓的悠久历史，有如树干的年轮或诗人脸上的皱纹。过去这是一栋“共同公寓”，有三四个家庭同住在一起，各自生活。我常想象人们死在这栋公寓里而被同寓住户发现，或是死了却没人发现。这里的居民一定就跟上百万其他俄国人一样，会先从墙上取下自己的马桶盖再去上大号。他们会在公共厨房里争论牛奶的事，也会互通消息、互相帮助。到了九十年代，有人打通所有卧室隔墙，把整间屋子装潢成有钱人的公寓，于是公寓的过往只能在天花板上曾经连结墙壁的皱痕中窥知一二。我住的那一套现在只有两间卧室，其中一间是客房，保留给几乎不曾出现过的客人，而我过去的不良纪录和我的好运气让我心头浮现罪恶感——至少一开始时如此。

她们脱下鞋子，就像一般俄国人被教养的那样，然后我们走进厨房。玛莎在我大腿上坐下，开始吻我。她的嘴唇冰凉有力。我望向卡佳，只见她一脸微笑。我知道她们可能对我有所企图，但公寓里没有一样东西值得上我对玛莎的渴望，而且我不认为她们想取我的性命。玛莎牵起我的手，带我走进卧室。

我走到窗前，拉上窗帘。那是华丽的褐色窗帘，好像打开之后，后面会出现歌剧舞台。我一转过身，便看见玛莎已脱下套衫，坐在床缘，身上只剩短裙和黑色胸罩。卡佳面带微笑坐在椅子上。那天晚上卡佳全程都坐在一旁，也许是为了安全起见吧，我不知道，但仅此一次，后来她再也没这样做过。被卡佳如此注视，令我觉得有点变态而窘迫，但后来我似乎进入了超现实国度，心中的窘意也被伏特加给消除了。

玛莎跟英国女子不同，跟你不同，跟我也不同。她在床上不顾及仪态，不像在假装或演戏。她有一种连结土地的能量，她会紧抓、鼓励、大笑，她热切地想取悦你，同时随兴而为。每当我朝卡佳望去，就看见她露齿微笑，距离我相当近，我没戴眼镜都可以清楚看见她衣装整齐地坐在那里，仿佛在观看一场科学实验。

事后，我跟玛莎侧躺相拥，我的胸贴着她的背。她呼吸沉重，没有醒来，也没有完全睡着。我伸手环抱她，她抓住我的手仿佛抓着一个有瑕疵的玩具，好让我把她抱得更紧，或只为了证明我和我的手是真实的，仿佛她需要的只有我和我的手。至少当时我是这么觉得的。床的另一头也是身体的另一个头，在那个地方，她的腿缠绕着我的腿，我依然记得自己感觉到她擦了指甲油的脚趾甲嵌进我的小腿。

早晨的阳光缓缓照进卧室，我看见卡佳双脚蜷曲到下巴，衣着整齐地在椅子上沉沉睡去，一头金发散落脸上，有如一层面纱。玛莎依然躺在我身边，脸别到一旁，头发在我的枕头上，体味在我肌肤里。我再度睡去，等我醒来时，她们已经离去。

4.

“到了。”玛莎说。

我们站在一栋典型的莫斯科建筑外，只见粉墙上爬有裂痕，庭院宽敞，昔日贵族曾在这座庭院里豢养马匹和做牛做马的仆役。如今庭院里种着两棵看起来不快活的树，树叶低垂枯黄，另外还停了三四辆车，车子十分拉风，显然房子里住着有钱人家。我们穿过树木、拱门，来到一个金属门廊下，院子左边的远处角落设有一个老式对讲机。空气潮湿而浓重，当中夹带着的不是冻雨也不尽然是雪，而是俄罗斯的湿气，气味有如废气，逐渐渗入你的眼睛和嘴巴。这种莫斯科式天气令人恨不得天空快点终结了它，如同死囚望着断头台的利斧。

玛莎按下其中一户的号码。过了一会儿，对讲机发出劈啪声，接着便听见一个女人的声音说：“谁？”

“是我们。玛莎、卡佳和尼古拉斯。”玛莎用俄语说。

“上来吧，三楼。”那声音说。

女人替我们按开大门。我们爬上发黄的大理石阶梯。

“她以前是共产党员，不过我想现在已经不是了。”玛莎说。

“她有时会忘东忘西的，不过人很好。”卡佳说。

"我想她不是很开心,但我们可以试着让她开心。"玛莎说。

女人站在楼梯平台上迎接我们。她是个老妇人,身材有如迷你版铅球选手,面容比一头白发显得年轻,头发梳到脑后挽成一个朴实的苏维埃发髻,脚上是一双系带黑鞋,腿上是褐色丝袜,身上穿着整洁的陈旧羊毛裙和羊毛衫,一望便知这楼房里住的有钱人不是她。她有一双聪慧的眼睛,脸上挂着亲切的微笑。

"亲爱的,这位是尼古拉斯……"玛莎说。这时才发现她不知道我姓什么。我想这应该是我们第四次见面,不包括我们在地铁站相遇的那一次。说实在的,我们对彼此仍十分陌生,也许我们一直都是陌生的吧。但那时被介绍给她的阿姨认识,我感觉一切都很对,感觉我们也许会长久交往下去。

"普莱特,"我说,然后跟阿姨握手,用俄语说,"很高兴见到你。"

"请进。"她微笑着说。

恐怕我说得有点太快了,我想跟你好好说说我是如何认识塔吉扬娜·弗拉基米罗夫娜的,也就是这个老妇人。

° ° ° ° ° °

在淘金热时期,莫斯科的钱有它的特殊习性。那时莫斯科市中心有半数建筑物覆盖着有如潜水艇那般大小的劳力士手表广告,而外形有如结婚蛋糕、屋顶有如摩天楼的斯大林式公寓楼房,价格直追伦敦骑士桥路的昂贵住宅区。莫斯科的钱知道克里姆林宫的人随时有可能决定把它收回去。它不像伦敦的钱可以放松下来喝杯咖啡,或去海德公园搭三轮马车兜兜风。莫斯科的钱会移民到开曼群岛、法国南部的费哈，或任何一个可以给它温暖、但不会多问问题的地方。再不然，它会尽可能灿烂地燃烧自己，把自己倒入充满香槟的按摩浴缸，或乘坐私人直升机。莫斯科的钱特别钟爱库图佐夫大道上的高级轿车代理商，这条大道可以通往战争博物馆和胜利公园。它在奔驰轿车和悍马越野车上架设闪烁的蓝色紧急灯光，支付大约三万美元给内政部官员做为谢礼，这些蓝色灯光可以将莫斯科的拥塞车流宛如埃及海洋那般一分为二。这些车会聚集在“精英人士必须出入”的餐厅和夜店，如水池旁惬意晒太阳的掠食动物，钱则入内大啖鱼子酱和顶级“水晶”香槟。

十月底的一个周五夜晚，大概是我在塔吉扬娜家门口被介绍认识的两三周之前，也大概是我跟玛莎共度第一个夜晚的两三周之后，我带玛莎和卡佳去拉斯普京夜店。当时拉斯普京夜店是莫斯科炫富精英最爱的夜店，位于爱尔米塔什花园和彼得罗夫卡街警局的拐角（俄国版的“防治犯罪免费专线”广告就是在彼得罗夫卡街警局拍的，里头出现许多死尸和模拟枪战画面）。或许应该说，我试过带她们进拉斯普京夜店。

我们迂回穿过停在路边怪物一般的高级黑窗轿车，来到拉斯普京夜店门口。门口有守卫站岗，莫斯科人称之为“面孔管制”：两三个来自喜马拉雅的彪形大汉和一个头戴耳机的高傲金发女子，他们的工作是把不够美丽迷人的女人和口袋不够深的男人挡在门外。那金发女子用俄国女人摆明较劲的姿态上下打量玛莎和卡佳。卡佳身穿豹纹迷你裙和白色靴子，我记得玛莎把一头长发吹得十分蓬松，手上戴一条银链，上头附有一个心形迷你表。我想，我们会被挡在门外是我的错。我努力穿出黑手党风格，以工作时穿的深色西装搭配黑色衬衫，然而我看起来可能比较像校园版“红男绿女”音乐剧中的合唱团团员。我看得出那个金发女子在心中盘算，假如我生气的话，会给她招致多少痛苦，并推算我的“靠山”有多硬。“靠山”是每个俄国人都需要的“保护伞”，最好在保安部门工作，这样你就可以逃罪，被归入较低的税率等级，或在周五夜晚进入拉斯普京夜店。下至市场小贩有个交情好的警察会睁一只眼闭一只眼，上至寡头政治家有个乐于助他的克里姆林宫霸主，想在俄国出人头地就需要靠山：这个靠山愿意助你一臂之力，也许是亲戚，也许是老朋友，也许是某个有力人士，而你非常幸运地握有足以动摇其地位的秘密。金发女子跟一个大汉低声说了几句话，那大汉便将我们带到角落，让我们跟一排站在拦索后面的被拒客人站在一起。他说，等一下如果还有空间，就可以让我们进去跟A级贵宾一同玩乐。

天空正飘着雪，轻飘飘的十月雪，俄国人称之为“潮雪”。这种雪如果落在友善的表面如树枝或车顶，便会停留在那里，但若是落在不友善的表面如莫斯科人行道，便会消失殆尽。有些雪花无法落上任何表面，才飘到街灯上方就被上升气流吹起，在人造光线中如跳芭蕾舞那样单脚旋转，仿佛在重新思索是否真要降落。天气很冷，虽称不上是天寒地冻，但温度在零度附近打转。那排被拒行列中，每个人的双手都交抱胸前，像一票被截肢的人。但见各色帮派分子、休假的保安部门上校、财政部中级官员都被大汉挥手放行，每个人后头都跟着一群踩着高跟鞋的后宫姬妾，我心中又羞又怒。正准备放弃离去之际，哥萨克出现了。

他跟两三个男子和四名高挑女子一同前来。我出声叫唤，他停下脚步，让友人先穿过丝绒帷幔进门而去。在这个片刻，你生命中互不相干的部分撞到一起，就好像在剧场休息室或泳池更衣间碰见老板。

"晚上好，"哥萨克说，嘴上跟我说话，眼睛却望向玛莎和卡佳，"不赖嘛。"

"晚上好。"我说。

几天前我又跟哥萨克见过一面，他来帕维列茨卡娅广场签署文件、做出承诺，以及打嗝。他同意我们委派一位调查员每隔数周前往油槽工地察看，确定工程按进度进行、贷款最后可以顺利清偿，而且根据我们写得洋洋洒洒、详细拟定的合约，倘若哥萨克和他的伙伴未能如期偿付债务，银行有权扣押财物。我们找来进行简报的调查员名叫维亚切斯拉夫·亚历山德罗维奇，他是个如鼹鼠般的矮小男人，我们公司曾经跟他合作过一个黑海沿岸的港口开发融资项目。

"不替我介绍一下吗？"

"抱歉，她们是我的朋友，玛莎和卡佳。"我说。

"很高兴认识你们。你们谁是尼古拉斯的老婆？"哥萨克说。

他早已识破我说自己已婚的小谎言，但似乎并不介意。我涨红了脸，卡佳咯咯娇笑，玛莎则摇了摇手。据我所知，那是她们跟哥萨克唯一一次碰面，在某种程度上我很高兴他们碰了面。不知为何，玛莎和哥萨克同处一个空间的回忆替我简化了许多事情。

“你们是不是遇上麻烦了?”哥萨克问我。

“没有。”我说。

“有。”玛莎出言更正。她向来冷静、果决、自信,我喜欢她这一点。

“也许吧。”我说。

“等一等。”哥萨克说。

他背对我们朝戴耳机的金发女子走去,所以我无法看见他的表情,只见他的肩膀朝我们的方向比了比,金发女子便朝我们望来。他继续跟她说话,只见她的脸色越来越青,头也垂了下去。然后她朝耳机说了几句话,向我们招手。

“好好玩啊!”哥萨克说。

动作电影有时会呈现军人戴夜视镜看出去的景象,物体发出热成像的亮光;哥萨克看起来总像那样。他的轮廓由暴力勾勒出来,是隐形的,但每个人都看得见。

“谢了。”我说。

“小事一桩。”哥萨克答道。

我们握了握手。他握住我的手稍微久了些,也许久了几秒钟,让我知道他的能耐。“替我跟保罗问好。”他说。

拉斯普京夜店的舞池设有三个舞台,上头站着三个舞者,其中两个是活力四射的黑人女舞者,上身裸露,站在中间的是身穿虎纹丁字裤的侏儒男子。卡佳伸手往天花板指去,但见两个赤裸女子浑身涂满金漆,背上插着翅膀在我们头顶上飞来飞去,完全是小天使的模样。我们朝吧台走去,吧台地面是透明玻璃,下方是水族箱,里头游着无数鲟鱼和几条孤独的鲨鱼。夜店里满是荒唐的男人和危险的女人。

我向酒保点了三杯“莫吉托”古巴鸡尾酒和一盘滋味很可能不怎么样的寿司(寿司是当时莫斯科夜店的必备小点),但那酒保皱着眉头,烦躁不已,显然他工资过少,他脸上那种表情在忙碌夜晚随处可见。我觉得自己像彩票得主,坐在拉斯普京夜店里,跟一掷千金的富人和他们整过容的女人共处一室。至于我则留着一头毫无造型可言的厚重头发,一张清癯的英国面孔挂着一圈新出现的中年双下巴,每天早上照镜子,我都希望那圈双下巴会自动消失。我觉得自己是个大人物,而非在伦敦大桥下载浮载沉、无足轻重的小人物。我想我有这种感觉很正常。

卡佳问我更多有关英国的事,都是些常见的问题:真的有福尔摩斯这个人吗?申请英国签证难不难?丘吉尔为什么到一九四四年才开辟第二条战线?我心想,她是个好女孩,她顺从姐姐,住在一个小小世界里,热切地用一种旁人可以理解的狭隘方式来融入世界。

玛莎问我工作上的事。

“尼古拉斯,你只懂英国法律?还是也懂俄国法律?”她说。

我说我念的是英国法律,但也熟悉俄国法律,尤其是公司法。

“你做的都是什么样的工作?”

我说我经手的大部分是融资项目以及怪异的合并或并购项目。

“所以说你做的工作跟房地产无关啰?”她的声音几乎要被俄国舞曲那震迫人心的节奏和暴烈的歌声给盖过去。

我说无关。我懂得一些财产法,但所知不多,只懂得有关商业建筑长期租赁的财产法。

我知道我应该更加深入思索这些问题,但我心里想的只有玛莎,等一下我们会一起回家,以及这是不是就是那名闻遐迩的“真爱”。

° ° ° ° ° °

卡佳说她要去参加一个生日宴会,我说我们送她去,但她说不用,便快步朝大剧院的方向走去,走入早雪和俄罗斯不羁的夜晚中。

我建议拦出租车,但玛莎说她想散散步,于是我们朝普希金广场的方向往回走,行经躲过共产党破坏的美丽教堂。街道普希金电影院那一边有一家脱衣酒吧(几个月后,一群匈牙利男性商人被烧死在这家脱衣酒吧楼上的小房间里),脱衣酒吧对面是一家赌场,门口的倾斜玻璃展示柜中停着一辆跑车。透过潮雪看出去,这座城市似乎柔和了许多,建筑物的轮廓变得模糊,有如印象派画作。前方广场的霓虹灯、吃到饱餐厅和名诗人雕像都闪闪发光,仿佛俗丽的蒙古营地。

玛莎说那天晚上她非常担心卡佳,她们姐妹俩相依为命住在莫斯科,阿姨是她们在莫斯科唯一的亲人。她们一直梦想来莫斯科,可是非常困难。她说她必须花五百美元贿赂手机店经理,才能谋得现在这份工作,而她花了六个月才还清当初借的钱,她希望有一天能住在一个比较安全、干净的地方。

“比方说伦敦。也许可以去伦敦。”我说。我知道我想得太远了，尤其是和你我关系相比较的话。但不知为何，当时这个想法并不让我觉得遥远，至少开始之时如此。我试着对你坦白以告，我想这样对现在的我们俩来说是最好的。

“也许吧。”玛莎说。我们走下滑溜的阶梯，朝我跟她初次相遇的那条地下道走去，就在此时，她握住我的手。下了阶梯之后，她依然没有放手。

走上特维尔大街的另一侧，我们沿街心花园路中央步行了一段时间。市府当局已把花从花床中拔出，每年他们都会玩这个把戏：半夜悄悄用货运车把花送走，以免它们死在民众眼前，仿佛花是受谴责的囚犯。俄国人纷纷穿上中型外套，女人穿的多半是羊毛或豹纹外套，要到酷寒之时才会穿上用樟脑丸保存的毛皮大衣。游民躺在长椅上，白雪洒落身上，仿佛肉贩砧板上洒了盐的肉块。停在我那条街的那辆日古利，引擎盖上沾了斑斑点点、正在融化的雪花。

回到我的住处，玛莎放了一张CD，脱下外套，然后跟随音乐节奏慢慢褪去其他衣物，动作甚是熟练。

事后她将浴缸放满了水，从我身后挤进浴缸，茂密的阴毛抵着我的尾骨，一双长腿缠绕在我松垮的肚子上。我肩膀和左上背的茂盛体毛就在她眼前，这个不对称的恶作剧是基因开的玩笑，你对此向来兴趣缺乏。她半唱半哼一首哀伤的俄国民谣，用湿润的手指拨弄我的头发。那对我而言是一种全新的赤裸感觉，我们的身体松软而敞开，不把身体当做展示品或武器。在浴缸里互相泼水有一种坦诚的感觉，喷射水流开关有故障的仿大理石条纹浴缸就仿佛是我们的小子宫。

我记得她在浴缸里说,她小时候多么以父亲为傲,但是老苏联帝国解体后,一切就走了样,父亲再也领不到薪水,因而开始严重酗酒。她说当她很小的时候,学校教导她要尊敬一个斯大林时代的小顽童,只因他举发自己的父亲私藏谷物。他们唱歌赞美他,画这个西伯利亚小鬼的画像,直到有一天老师不准他们再唱这些歌,还叫他们把那些画像撕毁。那时她就知道有件可怕的事发生了。

"你是不是感觉到自由?共产主义结束之后,你是不是感觉到自由?"我问她。

"在摩尔曼斯克,我们只感觉到贫穷和寒冷。大家都说:'自由又不能当饭吃。'"她答。

她十七岁时母亲需要动手术,一如其他理论上由政府买单的事情,从帮你接生的助产士到墓地,一切都必须付钱才能得到,因此他们必须贿赂医生,购买药品、肥皂以及开刀后缝合用的线。所以玛莎说她大学才念一星期就离开学校,去海军基地的餐厅工作。她现在依然每个月都寄钱给母亲。我的猜测很接近:她今年二十四岁,卡佳二十岁。

我问她,她对离开学校、外出工作、为了母亲而牺牲自己的机会这些事有什么感觉。

"这很正常。你知道,尼古拉斯,那个时候我们没有那么远大的希望。食物很差、男人很差、运气很差,没什么好惊讶的。"她说。

当然了,她讲述的故事有着恰当的组合,里头有她的坚毅,也有她的坎坷命运。她坚韧、世故,比我老成同时又比我年轻(不过根据莫斯科标准，我们的年龄差距是适当的），同时她似乎又软弱无力，近乎孤立无援。她将适当的需求混合在一起：男人想拯救某人或认为自己可以拯救某人的需求（我想每个男人心中的某个角落都有这种需求），以及男人自己想被拯救的需求。

我知道我不如她想的那般富贵，但我认为自己可以给她安全感。

我问她父亲过去是在什么船上服役。她说她不能对别人说，尤其不能对外国人说。然后她哈哈大笑，说现在可能无关紧要了。

"他服役的那艘船……你们是怎么称呼的？那是一种用来对付冰的船，替其他的船开路。"

"破冰船。"

"对，破冰船。他在一艘核能破冰船上服役，我爷爷也在破冰船上服役。他在大战时期替西方船只破冰，说不定也曾经替你爷爷破冰。"

"那艘船叫什么名字？我是说你父亲服役的那艘船。"我心想这是提到水手时应该问的另一个问题。

她说她不确定，她忘了。但她想了几秒钟，然后说："'彼得格勒'号，他们那艘破冰船叫'彼得格勒'号，因为革命才取了这个名字①。"她微微一笑，那是一个人从记忆中挖掘出某段被遗忘但珍贵的回忆时露出的微笑。

早晨，玛莎仍在熟睡，脑袋侧枕在枕头上，我在她鼻子由下往上

① 沙皇政府在一战爆发后将圣彼得堡改名为彼得格勒，后来列宁在该地发动革命。

三分之二处发现一段凹陷，我猜可能是被她父亲或粗暴的水手男友殴打造成的。我在她苍白如月的臀部也发现相对应的深色斑块，还注意到她眼角刚浮现的小细纹。那些小细纹让我更喜欢她，因为那些小细纹让她变得很真实，让她变成一个会死去的血肉之躯，却不仅止于死去。

稍晚，我们在厨房里喝茶，茶里加了柠檬片。我们用的是宜家家居的茶壶，坐的是宜家家居的椅子。我的家具大部分都是从宜家家居买来的，宜家家居当时在莫斯科就跟死亡和逃税（以及肝硬化）一样无可避免。这时她再度提到住在莫斯科的阿姨。她说她和卡佳尽量常去看她，但还是不够频繁，希望很快就能介绍我们认识。

"可能下星期吧，或是下下星期。她一个人住在莫斯科，她会很开心我们去看她的。她会喜欢你的。我想她不认识几个外国人，说不定一个也不认识。求求你了。"

我说好。我当然想见见她阿姨。玛莎喝了口茶，吻了我的鼻子，然后出门上班。

° ° ° ° ° °

近十一月中旬，所有潮雪都已融化，有些在十月骤冷期结成的冰留了下来，撤退到人行道的裂缝和马路的裂口中，有如受困军队等待再度集结。塔吉扬娜说："请进。"

苏维埃时期的人有个地方令人喜欢，那就是，他们是拼花地砖的世界冠军。这栋公寓的结构有如相互连结的赫鲁晓夫时期回力镖，而拼花地砖就从塔吉扬娜家的简朴前门向屋内延展而去，当中被一块褪色的土库曼地毯给覆盖。屋内吊着一盏华丽的共产党式吊灯，远远观之十分美丽。

我们脱下鞋子，挂好外套，跟着塔吉扬娜走过门廊。我还清楚地记得她家的模样。我们经过一间卧室，卧室里面摆着两张单人床，只有一张床铺有寝具，房内还有一个深色木衣柜和带一张白色花框镜子的梳妆台。另一个房间里有一半空间堆满箱子，然后是一扇通往浴室和厨房的门，厨房铺着油布地毡，放着一台老式冰箱。她带我们来到客厅，但见客厅墙上贴着茸褐色壁纸，连接天花板一个墙角的壁纸已有些剥落，书柜摆满老苏维埃百科全书和报告，一张大木桌上铺着绿色垫子。那张木桌摆着我向来害怕的俄式派对点心，十分丰盛，但难以下咽。准备这些点心可能得花掉她一个月的养老金，而且还得花两周时间准备。这些点心包括湿答答的鱼，无法辨识的胶状动物肢体，碎成一块块的俄罗斯巧克力，冷掉的俄式薄煎饼，酸奶油以及炸成小卷状的特殊甜奶酪。

窗户紧闭，中央暖气系统依然如同旧日时光由市政府统一控管，热得毫无人性可言。塔吉扬娜做个手势，请我们坐在脱了皮的沙发上。“茶。”她说，这句话是陈述句而非疑问句，然后转身离去。

玛莎和卡佳坐下来窃窃私语。我起身四处张看。塔吉扬娜的家俯瞰街心花园路和“清水塘”（典型一厢情愿的俄式想法，认为池水是清澈干净的；这里逐渐成为莫斯科市中心的高级地段），一扇大窗面对清水塘和两侧树木。夏季设在池水上方平台上的贝都因式帐篷餐厅已经收起，提供昂贵小夜曲演奏服务的小船则停泊在岸边。池子的另一边是一栋奇怪的蓝色建筑，外墙饰以真实的或想像中的动物浮雕。在莫斯科偶尔可以发现这样一栋美丽建筑，有如在战场上发现花朵。我辨别得出浮雕中的猫头鹰、鹈鹕、双头狮鹫、双舌鳄鱼和做扑袭状却似乎有点无精打采的猎犬。困惑的十一月天空令我联想到没有调准频道的黑白电视。

客厅一面墙壁上挂着一组盘子，盘子上是古典的蓝金色圣彼得堡图案，另外还挂着一张新西伯利亚市一所科技学院的毕业证书。客厅里摆着一台老式酚醛树脂收音机，还有一台大如行李箱、由桃花心木制成的人造装置，可以从上方打开。书架上放着两个相框，里面是两张黑白照片，其中一张是一对年轻爱侣坐在海边石头上，海风颇大，女子笑着，眼望男子，男子有少年秃，戴着一副严肃的眼镜看着镜头。那对爱侣看起来很快乐，我从不认为苏联人会拥有这种快乐。照片右下角印有白色文字，上头写着“雅尔塔市，一九五六”。另一张照片里是个正在伸展身体的年轻少女，她的身体在一个犹似特大号仓鼠轮的轮子中延伸，双手握着边框，显然是在做花式体操的固定动作；另有两个轮子也被拍了进来，里头各有一个少女。我低下头，细看镜头对准的那个苗条少女，发现她跟海边照片中的少女是同一人，也许年轻几岁，身穿网球短裤，那件短裤穿在她身上顿时性感起来，她脸上挂着大大的被固定住的微笑。原来是她。我低着头，终于搞清楚原来照片中的少女就是塔吉扬娜。

桌上点心的后面也摆着一张照片，照片中是那个戴眼镜的男子，年纪大了些，就坐在这张桌子前；桌上摆着整齐的文件、一个烟灰缸和一台老式拨号电话。他正在工作，半转过头来面对镜头，仿佛工作非常重要，不能一下子完全抛诸脑后。

“那是我先生。”塔吉扬娜用俄语说。她站在我身后，手中拿着一个小型银茶炊。“他叫彼得·阿尔卡季耶维奇。”

她泡的是俄式茶饮，先从茶壶中倒出超浓的深色茶液，再将茶炊里热气蒸腾的开水倒入。她递给我们一人一个小碟和一根茶匙，碟子里盛着果酱，可以用茶匙舀果酱搭配茶饮，这种轮流喝茶吃果酱的方式我一直难以上手。

我跟塔吉扬娜互相交谈，有些对话感觉像面试，有些则像旅游局的俄国地理导览。

“你做什么工作，尼古拉斯？”

“我是律师。”

“你父亲做什么工作？”

“他是老师，我母亲也是老师。现在他们都退休了。”

“你喜欢莫斯科吗？”

“我很喜欢。”

“除了莫斯科，你还去过俄国哪些地方？”

我说我去过一两个莫斯科附近的修道小镇，名字我忘了，抱歉。

她又问我是否去西伯利亚看过“我们那座辽阔的贝加尔湖”。我知不知道贝加尔湖是世界上最大的湖？我知不知道堪察加半岛的河道里总共有十一种鲑鱼？

我将自己切换到自动导航模式，眼睛不断朝玛莎的大腿弧线瞄去。然后塔吉扬娜述说起往事，就像一般的俄国老人常做的那样，让我听了不禁觉得自己天真无比。比起她经历过的日子、见过的世事，我仿佛昨天才刚出生，就像你十二岁时完全听不懂父母谈起税务或有人离婚，只不过塔吉扬娜说的故事是极端版本。在俄国，他们说的可能是某个叔伯前往“古拉格”却一去不返，或只是单调乏味的日常英勇事迹或不光彩之事，比如某个男人到了四十岁还跟父母同睡一个房间，或某个女人的信件都被父母过滤，或排队排了三天只为了买几颗马铃薯。

她问我是否去过圣彼得堡，我说还没去过，但我母亲打算来探望我，可能就快了（这是真的，我妈威胁说她一定要来看我），我们希望到时候可以一起去。

“我是从圣彼得堡来的，也就是列宁格勒。我是在列宁格勒附近的村子里出生的。”她说。

在那个村子里，她母亲替奶牛挤奶，并偷偷祷告。她父亲在集体农场工作。塔吉扬娜说父亲死后，他们搬进城里，那时她十七八岁，德苏战争即将爆发。后来在围城战役中，她失去了姐姐和母亲。接着她讲述她的一个哥哥在库尔斯克会战中丧生时，脸上依然挂着微笑。战争结束后几年，她跟新婚丈夫前往新西伯利亚市，一个位于西伯利亚的大学城。她丈夫就是照片中的男子。奇怪的是，她说，他们在西伯利亚觉得几乎完全自由，比战前在列宁格勒或之后在莫斯科都自由。她丈夫是科学家。到了这里我几乎听不懂她说的俄语了，但就算她说的是英语我可能也听不太懂。我想她丈夫应该是协助设计一种涂料，用来涂在导弹发射井或类似装置上。这种涂料非常强韧，她说，足以承受导弹发射所产生的高热。

“他是个大科学家。”卡佳用英语说。

“这就是为什么塔吉扬娜有一套位于莫斯科市中心的公寓，这是服务国家的报偿。”玛莎用俄语说。

“对，赫鲁晓夫同志在一九六二年把这套公寓送给我丈夫。那个时候，要发射导弹却不焚毁导弹发射井是个棘手难题。彼得非常努力研究，最后找出了解决方法。”塔吉扬娜说。

她现今在高尔基公园附近一家博物馆担任兼职解说员，专门解说一些我从未听过的俄国科学家。她跟有些老人一样懂得尊重年轻人，只轻描淡写地说完自己的生平故事，不想占年轻人太多的宝贵时间。我喜欢塔吉扬娜。我立刻就喜欢她这个人，直到最后都是如此。

“所以说，尼古拉斯，你对我们的小计划有什么想法？”塔吉扬娜说。

我完全不知道她在说什么。我瞄了玛莎一眼，只见她放下翘起的腿，对我点点头。

“我想那是个很棒的计划。”我为了取悦玛莎而如此说道。

我们都露出微笑。

“尼古拉斯！”塔吉扬娜说，跳了起来，并转换话题。“姑娘们，你们什么都还没吃呢！”

我们围在桌边嗯了几声。塔吉扬娜递来盘子，叫我一定要尝尝那些我不喜欢吃的鱼。我拿了许多冷薄饼，把鱼藏在薄饼下面。

我们坐了下来，塔吉扬娜问卡佳书念得怎么样。

“很辛苦，可是很有趣。”卡佳说。

这时我们漂流到善意但怪异的静默之中。

“鱼喜欢游泳！”塔吉扬娜高声说。她起身走进厨房，拿了一瓶还没开的伏特加和四个陈旧的小玻璃杯出来，每个杯子都刻有雪花图案。她在杯子里斟了酒，我们站起来举杯互碰。

“年轻人，祝你们成功！”塔吉扬娜说，用俄罗斯的高效率方式将酒一饮而尽。

我们三人也各自喝了酒。我感觉到伏特加流经喉壁后部来到胃里，接着胸口升起一股暖意，我立刻兴高采烈起来；说这伏特加是祸端也不为过。我觉得脸颊潮红、肝脏受损，轻率的行为接踵而来。我根本没花力气去问那个计划是什么。

十分钟后（“敬俄罗斯！”、“敬我们！”、“敬英国女王！”），我用英语问玛莎说她们是不是要走了。她说还没有，她们要跟塔吉扬娜聊天。我知道在那瓶伏特加见底之前离去可能有点没礼貌，但我跟塔吉扬娜说很遗憾我有个会要开，得先走了。

“可是你什么都还没吃。”她抗议说，看着我的盘子里盛了一堆点心，双手交扣在面前。

“抱歉。”我说，又说非常高兴能认识她。

我吻了吻玛莎和卡佳的脸颊。塔吉扬娜跟着我踏过拼花地砖，看我穿上外套和鞋子。

“再见。非常谢谢你的招待，下次再见。”我说。

“你什么都还没吃呢。”她又说了一次，在我身后把门关上。我飞快地走下楼梯，逃离那膝下无子、令人窒息的沉重氛围。

当天晚些时候，我看见奥列格站在公寓楼层之间的楼梯平台上，身穿黑色西装和衬衫，头戴一顶黑呢帽，一身纯粹的黑，只不过西装翻领上沾了几根猫毛。他似乎修过胡子，看起来像要去参加自己的丧礼。

“奥列格，你好吗?”我看起来应该依然有点醉意。

“老样子，尼古拉斯。没有新消息就是好消息，这在英文里要怎么说? 只不过我没找到我们的邻居康斯坦丁·安德烈耶维奇。”

“真可惜，我感到很遗憾。”

“我的朋友康斯坦丁住在教堂后面的公寓里。他没接电话。”他瞅着我，仿佛我可能会说:喔，那个康斯坦丁啊，早说嘛，他在楼上，就在我家厨房里。

我只是挤出微笑，同时做出苦恼的表情。“我想一切都会好的。”我说。那时我心想这个康斯坦丁不管是谁，都可能把电话线给拔了，或是醉到暂时耳聋了，但我仍尽量认真对待奥列格。

“也许他去特维尔找他哥哥了。”

“也许吧。”我说。

“说不定，你可以帮我找找他。”

“我很乐意帮忙，可是我不知道自己能做些什么。”

“你当然可以。你是个律师，是美国人。”

“我不是美国人。”

“呃，”他十分坚持，“你有信用卡，有秘书，可以去找警察或检察官。我只是个老人。俄国就是这样。”

“好吧，如果能帮得上忙我一定会帮的。奥列格，我答应你，我会试试看的。”

他朝我走来，片刻间我以为他要抓住我或挥拳打我。但他只是把手搭在我的左肩，嘴巴贴近我的右耳，以至于当他说话时，舌头就在像我的耳内。

“受人尊敬的尼古拉斯，只有白痴才会一直保持微笑。”

5.

我猜想,理论上,应该有一段时间,也许就在正午刚过之时,斯蒂夫会有五分钟以上的时间手里并未拿着咖啡或红酒。同样的,理论上,在俄国女人的人生中段,应该有一小段时间是介于高跟鞋展现癖和中年发福之间。但我每次看见斯蒂夫,他不是在喝咖啡,就是在喝红酒。一如大多数的驻外酒鬼,他有一套办法说服自己不是酒鬼:他的红酒是一杯一杯点的。只不过他一坐下来就会点个十二、二十杯,这很伤他的荷包,却有益于他的自尊。我跟他碰面吃午餐,告诉他玛莎跟我的事时,他已不喝咖啡而改喝廉价葡萄酒。

听我概略说完我跟玛莎的关系后,斯蒂夫说:“那么,她要你买东西给她没有?钻石?车子?或是隆胸手术?”

“不是那样的。”

“那是怎样的?”

“我们不一样,斯蒂夫,别这样。”

“你以为她喜欢你是因为你的长相吗?”

理论上,斯蒂夫是英国人,但长期以来他一直躲避英国和他自己,远远躲到千里之外。来莫斯科之前,他应该在墨西哥待过三四年，再之前是巴尔干半岛，更之前呢，我不记得了，说不定连他自己也不记得了。因此我认识他的时候，他已经变成英国作家格雷厄姆·格林笔下那种迷失的驻外记者，成为讽刺共和国的公民。他剥削我，在我身上榨取不该放给他的线索，比如哪个企业联盟可能从谁那里借了多少钱、谁并购了哪个油田或铝公司，帮他分辨出克里姆林宫里谁上谁下的贪婪方程式、谁会成为下届总统、谁会被送到马加丹市的拘留营。斯蒂夫假装查证我提供的线索，然后把这些线索写成文章，提供给英国《独立报》或他的英国雇主毫无所知的加拿大报纸。我也剥削他，利用他来说些无关奖金的英语会话。我们互相剥削。换句话说，我们是朋友。我想他可能是我在莫斯科唯一真正的朋友。

他的一头金发黏答答的，他应该也曾英俊一时，但如今脸上已有不少皱纹，脸色红润，看起来有点像俄罗斯前总统叶利钦。

“斯蒂夫，别取笑我，我觉得我好像恋爱了。”

你不是个容易嫉妒的女人，不过你也一直都没什么可以嫉妒的，所以我猜你听了这件事应该不会怎么样。

“我的老天爷。”斯蒂夫说，手中酒杯在空中挥舞。

我们在斯摩棱斯金购物中心后方一家法国餐厅里吃蘑菇酸奶油牛肉，许多小富人的情妇喜欢在修脚指甲的空当，到那家餐厅饮用昂贵茶品。那时大概是十一月底，天空开始降下漫天大雪，像恶作剧般一下就是一整夜，才一个小时就让整座城市改头换面，使得丑陋的东西变美，美丽的东西变得神奇。红场摇身一变，成了现成的电影场景：一边是有如罩了一层硬壳的列宁墓和铺上一层白雪的克里姆林宫；另一边是帝国百货商场，灯光灿烂得有如露天马戏团。成群的流浪狗在工地和教堂庭院里的糊状积雪中乐观地到处嗅闻。街上出租车的开价直往上飙:要判断一个外国人来莫斯科多久,只要看他们能站在苍茫大雪中议价多久即可得知。老乞妇来到她们的冬季勒索位置,跪在人行道的积雪之中张开双臂。在毛皮大衣和愁眉苦脸之下,相对来说俄国人其实很开心,因为除了宿命论和罗宋汤,白雪定义了俄国人之所以是俄国人,而不是其他国家的人。

“我想她也爱我,或者她可以爱我。至少她喜欢我。”

“她有没有这样说?”

“没有。”

“你听好了,如果她这样说,她是认真的,她说这话的那个片刻是认真的,但二十分钟后她偷你信用卡的时候也是认真的。她们做什么事都是认真的。”

“你有没有恋爱过,斯蒂夫?”

“尼克,你知道你需要什么吗?你需要放宽你的道德标准,不然会精疲力竭的。”

我转换话题,决定问斯蒂夫可不可以帮我的邻居奥列格寻找他的朋友。我跟奥列格说过我会去报案,也真的去了,但事情毫无进展。玛莎跟我一起去警局报案,但奥列格在最后一分钟说有急事没办法去,我想他是被他对制服人员根深蒂固的恐惧给阻碍住了。受理报案的是个满脸青春痘的刑警,身穿牛仔裤,听着帮派饶舌音乐。他的办公桌上方有个告示牌写着:“我不收受花朵或巧克力贿赂”,另外还挂着獐头鼠目的俄国总统和纳粹军事家隆美尔的肖像。他用一种特别的表情看着我们,就跟俄国女人一样;有些俄国男人也会露出一种特别表情,那是一种收钱才让你通过的商业微笑。“你得给钱。”玛莎用英语低声对我说。我断然拒绝。那刑警说现在并无证据表明有犯罪事情发生,因此他爱莫能助。我们要离去时,那刑警说如果我要赶着去开会或去机场,他可以租借几个骑摩托车的警察替我开道。(奥列格听我叙述报案过程后说:“呃,只要我们还活着,就可能有快乐的一天。”)

我想斯蒂夫说不定认识友善的警察或温顺的线人或强盗,这个人可以去四处打听,看有没有人记得些什么,或有没有人良心发现。

斯蒂夫说很抱歉,他认识的警察不是那种警察。他叫我不要浪费时间,因为康斯坦丁可能已经死了:或是跌落河中,或是被车碾过,或是喝了黑心私酒倒在了森林里。

“别太感情用事,他们只会活到六十岁。只要在这里待得够久,你认识的人就会开始一一死去。你认识两个超过六十岁的俄国人,其中就很可能有一个快断气了,尤其是男人。他们还来不及看到养老金,就会因为饮酒过量而入土为安。如果你搭地铁搭得烦了,有个游戏可以玩:俄国版‘大家来找碴’,找找老人在哪里。”斯蒂夫说。

“还有其他建议吗,斯蒂夫?我是说,还有什么办法可以找到他。我是认真的。我的邻居是个古怪但善良的老人,他没钱没靠山,什么都没有,我是他最大的希望。”

“这里是俄国,祈祷吧。”

我宣布放弃,问他是否知道我在工作上新认识的这个哥萨克。他觉得哥萨克有意思多了。

“身材矮小?苍白?眼神令人不舒服?”

我说对,就是他。

“他不是搞石油的，他替 FSB 工作。”如果你不知道 FSB 这个机构的话，让我为你说明：FSB 是新形态的克格勃，只不过少了共产主义和共产规章。“九〇年代初，他在乌拉尔山脉犯下一起谋杀案而被判刑，FSB 把他关进监狱，后来又放他出来，把他送去远东地区执行诈骗窃取的任务。我从来没真正认识过他，但有一次在库页岛一家酒吧里，一个苏格兰直升机飞行员把他指给我看。我记得那个直升机飞行员说，哥萨克是去堪察加半岛从事鱼子酱的非法勾当。后来哥萨克又被派去搞鲑鱼事业。他曾经在堪察加半岛副总督手下做事，后来又被派到其他地方。那次之后我就再也没听说过他的消息。可能他搞渔业搞得很成功，所以被擢升到石油团队去了。犯罪、商业、政治、谍报，这些都是很平常的俄罗斯旋转木马。”

“也许他已经离开 FSB，投身企业界了。”我说。

“他们都身在企业界，但他们是永远不会离开情报界的。就像俄国总统说的，没有所谓的前克格勃人员。”斯蒂夫说。

我问斯蒂夫是否知道北部油槽诈骗计划跟我们经手的这件融资项目有关。这件融资项目进行得非常顺利，哥萨克很快就会拿到第一笔融资款项。借钱给他的银行团替这个工程项目做了现金流量模式和可行性研究，我们则拟定了一百页的弃权声明和补偿条款。我们在形式上向油槽建造地点的地区政府寻求合作保证，向人民石油公司要求提供油槽建造完成后的石油运输量，向哥萨克要求拨出部分收益汇入还款监管账户。这些工作都在进行当中，我们相当有把握。哥萨克跟我们说，工地一切都上了轨道，到了明年夏末，油槽就可以开始将第一批石油送进停泊在油槽边的油轮中。

唯一的小差错是当调查员维亚切斯拉夫准备前往工地视察时，哥萨克的人说工地发生一场小火灾，维亚切斯拉夫最好晚个几周再去。

“听起来是挺合情理的，俄国的油管输送量差不多快不够用了，他们亟需新的出口管道。俄国总统上次在电视上答复电话问询时说过：‘这是俄国经济最大的挑战，我们欢迎外国伙伴给予协助和投资。’还不是那些常听的空话。海上石油应该是接下来的大事，把石油输送到欧洲市场而无须仰赖那些时常跟俄国佬吵架、不合作的邻居。俄国佬在北方好像有个不结冰的海湾，应该是有墨西哥湾洋流经过，他们利用的海湾应该就在那里。合作伙伴有谁？”

只有一个物流公司和人民石油公司，我说。

“有意思。我想你们的银行应该会没事，俄国人手上握有石油要出售。他们知道规矩：只要对外国人和颜悦色，就可以继续剥削自己的同胞。不过尼克，这里头总会有些不正当的动机。我猜他们一旦开始赚钱，就会利用物流公司拿走利润，这样人民石油公司就不必把钱跟公众分享。你知道‘人民石油’是什么意思吗？”

“我知道。”

“人民的石油。真是天大的笑话。”

斯蒂夫曾在未取得许可的情况下前往车臣，被俄国外交部叫去训诫一番。后来他把俄罗斯战俘向他自白的话写成文章，交给他的报社刊登，俄国外交部便威胁要撤销他的签证，据传斯蒂夫回答说尽管撤销啊，把他驱除出境啊，这样正好趁他的心如他的意。倘若此事属实，那么他只是虚张声势罢了，因为斯蒂夫也热爱俄国，就像我在莫斯科认识的每一个驻外记者一样。俄国的豪华餐厅和进口啤酒是这些驻外记者梦寐以求的,但俄国也保留了无数陋习,不愿意让那些他们想逃避的事实在西方世界和报章杂志上曝光。大多数驻外记者,尤其是斯蒂夫,都会把他们对俄国的热爱用一种合乎道德的大男人主义包装起来,仿佛他们肩负着契约责任,必须在每个人每件事当中看见或假装看见最坏的一面。他这样的一个堕落的人,有时实在是个伪善的王八蛋。

“我不知道啊,斯蒂夫。大型石油公司有一套标准工作程序,你知道的。他们会替新的投资事业另外设立一家公司,转移资产负债表上的负债。不是只有人民石油公司这样做,大型西方企业也都这样做。”这是真的,这只是一种常见的会计手法。又或者我只是想替哥萨克辩护而已,只因斯蒂夫不看好我跟玛莎的关系。

“尼克,人民石油不是一家西方公司。听好了,”他说,牛饮一口红酒,“你得知道,苏联会创造出它所应该代表的相反的东西。他们应该互相友爱,但结果却丝毫不把其他人放在眼里。他们不把民众放在眼里、不把利益攸关者放在眼里,更不会把你看在眼里。”

我知道他的高谈阔论会往什么方向前进:并不是共产主义毁了俄罗斯,而是俄罗斯人毁了共产主义。再喝三杯之后,他会谈到克格勃国家的兴起、伊凡雷帝①的遗泽,以及圣彼得堡女人的竞争优势。我看着斯蒂夫那死沉而闪烁的双眼,判定他是在嫉妒——他嫉妒我和玛莎,嫉妒任何一个怀有希望并起而追求快乐的人。我打断他时,

---

① 伊凡雷帝(1530—1584),俄国历史上第一位沙皇,以暴政维护统一和中央集权。

他口中滔滔不绝的俄国历史正讲到蒙古入侵俄国所造成的长期冲击。

“我感觉糟透了，”我撒了个谎，推开盘子，“昨天晚上对我和玛莎来说很重要。我想我该走了。抱歉，斯蒂夫。改天再聊好吗?”

“我们都感觉很糟。”斯蒂夫说，扬起双眉，对服务生叩了叩酒杯。“他妈的俄国。这里有酒、有污染、有难吃死了的食物、有烂死了的飞机，一下雨就坠机，你连想都不愿意去想。俄国就像钋元素，会立刻攻击你的身体器官。”

“你目前在采访什么新闻?”我问道，围上围巾。

“有关能源的大新闻，比你那个小油槽大多了。”

“这次的不正当动机是什么? 是商业的还是政治的?”

“在俄国，没有商业新闻，没有政治新闻，没有爱的新闻。在俄国只有犯罪新闻。”

6.

每年到了俄罗斯冬季，我都有一段时间认为自己可能熬不过去。如果不是知道路上塞车塞得那么严重，我会直奔机场。到了冬季，不用说，连走路都变得举步维艰，走在路上必须避开小雪堆，还必须在人行道的狭窄之处跟对向行人较量一番。如果是在伦敦，在人行道上快要撞上某人时，你会赶紧让到一边，有时没想到对方也避到同一边，结果双方依然挡住彼此的去路；但最后你们会解决这个窘境，对意外的肢体碰撞和无伤大雅的坏运气一笑置之，然后继续向前走。在莫斯科并非如此。一个月总有那么一两次，我忘了在衬有毛皮的靴子里把脚趾缩起来，突然间我的脚会像骑脚踏车那般向上抬起，臀部向下压，双臂不断舞动，内心无助而恐惧，觉得一秒钟似乎无限漫长，然后等着自己撞上寒冰。

还有橘衣大队。每年下过第一场大雪后，市长办公室的某个人会按下按钮，接着身穿橘色连身工作服的大批男性工作人员就会出现。这些人是来自塔吉克共和国、乌兹别克共和国和某某中亚共和国的新时代农奴，有如侵略地球的沉着外星人，从地底或莫斯科另一端的外环路冒出来。他们驾着史前卡车在路上穿梭，把冰雪铲成一堆堆，并使用大规模杀伤级化学药品消融地上的顽强寒冰。在我住的那条街，他们把雪堆在一侧，并把停在道路那一边的车子全都埋在雪中。那年冬天，那辆日古利就被埋在雪中。每天大约凌晨四点，橘衣大队便开始手持雪铲将冰雪铲离人行道，发出大量噪音，只有死人才能在这种噪音中继续安睡。这种噪音介于指甲刮擦玻璃的声音、造船厂的砰砰声响和猫儿发春的号叫声之间。最糟的是，我是个王八蛋，不懂得感恩。我痛恨他们，同时心里也知道这代表我待在温暖的屋子里，有时身旁还有女人相伴，而他们却在外头辛劳工作。

十一月底的某个晚上，我心情恶劣，但没有直奔机场，而是跑去玛莎工作的手机店——就在新铁匠地铁站附近。我并未跟她约好。我转了个弯，朝特列季亚科夫画廊走去，经过荒废教堂及对面一家我曾去过一次的隐蔽咖啡馆，幸运的俄国青少年常在这类咖啡馆聆听愤怒的音乐，假装自己持反对意见。再过去就是玛莎工作的手机店。我朝手机店的窗户里窥看。

玛莎坐在柜台后面，头上戴着宽发箍，聆听一对身穿刷白牛仔裤的年轻情侣说明他们的通讯需求。手机店设有接待区，客人必须先抽号码牌，再等候玛莎和其他销售人员叫号进入办公室。店内只有站立的空间，嘈杂混乱，和我想象中诺亚方舟内的氛围相差无几。（当时莫斯科的手机数量比人口还多，据说这主要是因为所有男人都用另外一个号码来联络情妇。）远处角落一个女人发出哀嚎，仿佛正在分娩。我拭去眼镜上的雾气，顶着手肘穿过人群，这时通往办公室的门打开，玛莎走出来见我。

“尼古拉斯，”她发出惊讶的呼声，那声音直抵我心，“请你去星期五大街的拉斯柯列尼科夫咖啡馆等我,我大概二十分钟以后到。”

“好。”我说,看着她走回办公桌。她穿着上班女子常穿的黑色紧身裤,上半身是橄榄绿运动衫制服,线条柔美。

我依言来到拉斯柯列尼科夫咖啡馆,坐在窗边等她。拉斯柯列尼科夫咖啡馆很温暖,隐身在小庭院里,不想凸显自己而被人看见。过了许久,玛莎走进庭院。她身上的外套有如红色拼贴羽绒被,只是更为性感,脚踩三英寸高跟鞋,是下班后换上的。她踏着高跟鞋走在雪地上的姿态,有如耶稣行走于水上,那双高跟鞋称得上是完美的冬季悬吊系统。她走了进来,脱下外套,在我对面坐下。

“工作还顺利吗?”我说。

“你是怎么了?”

我不知道我在做什么,我想这么说,我就算不在俄国也不知道自己在做什么,我很寂寞,我爱你。

结果我没这样说,你听了一定不觉得惊讶。我只是用英语喃喃低语。我说我的情绪有点低落,有点累,想见见她,希望她不介意我来打扰她。

“听着,星期六我们去乡间小屋。”她说。

“什么乡间小屋?”

俄国的乡间小屋是个真实的地方,称得上是最为真实的所在,可以让你回归自然,种种马铃薯、腌腌洋葱、钓钓鱼。那也是个梦幻的地方,那里不是莫斯科,没有塞车,没有妓女,没有警察。

“是我朋友阿尼雅的爷爷的小屋,可是她从来不去。那里有蒸气室,我们还可以做烤肉串吃。卡佳也一起去,这样你会觉得好一点。”

“好,很好。”我说。

“但我们早上要先去布托沃镇。”

“为什么要去布托沃镇?”

“因为我们要陪塔吉扬娜去那里。”玛莎说。

“为什么塔吉扬娜要去那里?”

布托沃镇是莫斯科南边紧邻市郊的小镇,我猜布托沃镇原本跟莫斯科是分开的,但莫斯科扩张之后把它给吞并了,就像是米德尔塞克斯郡因为地铁网络的关系而被吸进伦敦。

“她可能想搬去那里住。星期六我们陪她一起去,让她做个决定。”

我想起那天下午玛莎和卡佳介绍塔吉扬娜给我认识时,她们曾经提到的那个计划。我想这应该就是那个计划吧。

玛莎的手从桌子底下伸过来,放在我的膝盖上,然后用指甲轻搔我的大腿内侧。“别担心,尼古拉斯。我爱你。”

° ° ° ° ° °

周六那天,我们三人在塔吉扬娜的公寓楼下按下劈啪作响的对讲机,问她准备好了没有。“随时待命。”她说,按开大门,让我们入内而不必在融雪中等候。玛莎跟我说“随时待命”是轻工兵的口号。轻工兵是过去的苏联单位,相当于侦察兵,受训专门揪出间谍,举发富农以及构筑营火。

塔吉扬娜下楼来,身穿某种经过加棉褐色冬季束胸上衣,上衣附有垫肩，她围一条浅蓝色围巾，手戴连指手套，脚上穿的是卢顿镇在八十年代称之为“太空靴”的靴子。她手上提着一个大塑料袋，塑料袋里面是一个装有腌鲱鱼的特百惠保鲜盒、几个全熟白煮蛋和一瓶甜茶。等我们到了鲍洛维茨卡娅地铁站，换搭长途班车前往布托沃镇，塔吉扬娜便取出这些食物，对我们极力劝食。她在一张牛皮纸里包了些许盐巴，好让我们蘸着吃蛋。

塔吉扬娜用俄语轻声说：“很久以前，彼得跟我常去布托沃镇的森林里摘蘑菇，还在池塘里游泳。那时候还没有地铁，我们先搭巴士然后再走路过去。”

玛莎跟我解释说，我们要去塔吉扬娜说的那个地方，是因为塔吉扬娜认识一个名叫斯捷潘·米哈伊洛维奇的男子，他的公司正在布托沃镇边缘的街区建造新公寓，塔吉扬娜考虑搬去那里。玛莎说，塔吉扬娜打算明年春天辞去博物馆的工作，离开莫斯科市中心，因为那里有太多汽车和罪犯，又没什么森林。她计划拿自己在清水塘的公寓交换布托沃镇的公寓。

玛莎告诉我说，交换公寓是苏联时期遗留下来的做法。过去人民不能拥有公寓，但可以拿公寓居住权跟别人交换。在俄国你什么都不能拥有，坟墓也许另当别论。现在有些人依然喜欢使用交换的方式，玛莎说，部分是因为如果他们因为不动产而拿到现金，他们不相信自己不会吞了这笔钱。以塔吉扬娜的例子来说，斯捷潘可能会另外再给塔吉扬娜一些现金，因为塔吉扬娜在莫斯科市中心的公寓比布托沃镇的全新公寓值钱。斯捷潘还没跟塔吉扬娜说好要给她多少钱，他们以后才会讨论这些细节。那天我们计划先去公寓跟斯捷潘见面，然后回莫斯科买一些烤肉用品，再搭另一班火车前往乡间小屋。

。 。 ｏ 。 。
。

莫斯科地铁在市中心的老旧部分有点像是专制暴君得到梦想中的大理石、缟玛瑙和人力所建造出来的，但地铁网还没到布托沃镇，便已不见孔雀石、彩色玻璃和瑰丽的浅浮雕，并且浮升到地面，无止境地向前延伸。走出地铁站，只见四周尽是白净亮丽的新建公寓大楼，不像苏联时期的公寓那般丑陋，大楼之间是一块块绿地。

我们拦了一辆车，前往斯捷潘的公寓。我记得那个司机沿路如机关枪般对我们哀叹他逝去的青春和丧失的祖国。他说他在苏联时期是个工程师。“那个时候，中国人太奸诈了……我们把自然资源全都送人……四十岁以上的俄国人全都前途黯淡。”车子开到公寓大楼群的尽头，转而向右行驶。

我们来到的公寓称得上是莫斯科边界的象征，只见路的一边是城市和压力，另一边是塔吉扬娜记忆中多年前的布托沃镇，斜坡上有许多不太坚实的俄式木造房子，旁边和后方是小果园。这些木房子的窗户饰有雕花窗框，篱笆摇摇欲坠，屋顶生锈。木房子后面是白桦树林，再后面是更为苍翠的森林，看起来应该仍摘得到蘑菇。

早上大约十点半或十一点，我们站在公寓大门外，不时跺脚，等候斯捷潘来到。天气甚是寒冷，但我把我的冬季终极外套穿了出来；那是一件穿起来让我有如米其林宝宝的黑色滑雪外套，配备热核衬里，即使气温像拿破仑侵俄时那么低，我的血液也能流动顺畅。布托沃镇的空气不像莫斯科市中心那般呛人，里面飘散着松树的清香。

玛莎用手机打了通电话，然后说："斯捷潘·米哈伊洛维奇快到了。"

大约十五分钟后，斯捷潘来到公寓门口。斯捷潘身形消瘦，扎着小马尾，脸上挂着神经质的微笑。他看起来不到二十五岁，不过很多飞黄腾达的俄国商人根本都还处于青春期，所以我并不是太惊讶。他朝玛莎、卡姐雅和我摇摇手，向塔吉扬娜鞠躬。我们走进大门，斯捷潘垫后，在墙上摸索电灯开关。这栋公寓尚未完工：墙壁尚未粉刷，门厅地面尚未铺上地砖，暖气似乎也还不能使用，屋内就跟街上差不多寒冷。电梯尚未装设，因此我们登上水泥楼梯，爬上七楼，拨开从天花板托架中窜出来的电线，朝塔吉扬娜可能住进去的那一户前进。我伸出手臂给塔吉扬娜搀扶，但她拒绝，只是两度停下脚步，抓住膝盖，弯腰喘气。屋子里弥漫着油漆和胶水的气味。

来到七楼，斯捷潘取出钥匙，再动用肩膀，才将一扇冥顽不灵的门给顶开。那一户也还没完工，每样东西都赤裸裸的，还沾满灰泥，但可以看出它将来会是什么模样：一个宜家家居小乐园，有大片的窗户和高耸的天花板，两间大卧室四四方方，厨房和客厅采用一体式设计。阳台有两个，卧室阳台面向莫斯科，客厅阳台面对森林。

"塔吉扬娜，你看，你再也不必像现在那样把食物从厨房里端出来了。"玛莎站在客厅说。

塔吉扬娜并未答话，只是走出阳台。我跟着她走上阳台，并做好准备，如果阳台崩塌便立刻跳回屋内。站在阳台上可以看见马路另一边的木屋群建得纷乱无序，还能看见几只被绳子拴起来的壮实山羊，森林里一个结冰的池塘闪闪发光。空中的太阳在乳白色的十一月天空中隐约透出阳光，古老但强壮。到了介于融雪和夏日繁茂绿意之间的四月，或是阴寒的十月中旬，我敢打赌这片景色看起来肯定荒凉萧条。但是当我们站在阳台上，并未看见老牵引机和废弃冰箱的散落零件，空伏特加酒瓶堆以及俄罗斯乡间散置的动物尸体，它们都被每年降下的白雪覆盖。白雪让你忘记疤痕和瑕疵，如同暂时忘却内疚之感。

塔吉扬娜深深吸了口气，又叹了口气。我可以理解她希望她的余生是一首幸运的终曲：亲手制作俄国老妇爱做的那种黏稠蜜饯，和其他围着方头巾的老妇谈天，假装过去的七十年不曾发生过。

“你喜欢吗，塔吉扬娜？”玛莎高声问道。

塔吉扬娜还是不答，只是走进屋内，在客厅里踱步。她在屋侧一扇窗前停下脚步，那扇窗户同时面对城镇的终点和乡村的起点。从窗户看出去，可以看见教堂塔楼蹲踞在森林中，塔顶有着金色小圆顶和银色东正教十字架。

“我想，我会把彼得的书桌放在这里。你觉得呢，尼古拉斯？”塔吉扬娜说。

“我想放在这里很好。”我说。我真的认为书桌放在那里很好、很对，但我的心思并不完全在这里。我想回到市区，前往乡间小屋和蒸气室，投入夜的怀抱。

“对啊。”卡佳说，嘴角泛着谜样的微笑，俊俏的鼻子因为寒冷而发红。“这里令人心情愉快，塔吉扬娜。景色很漂亮，空气好新鲜！”

"斯捷潘,"玛莎说,她身穿红色羽绒外套,踏过冰冷地面,碰触斯捷潘的手臂,"这栋房子什么时候可以完工?"

"我想应该再过一个月吧。"斯捷潘说。一个月似乎有点乐观,但在俄国却很难说。俄国人可以十年来都纵情于泥巴和伏特加之中,然而一旦他们认真起来而且具有适当诱因,可能一个下午就盖起一栋摩天大楼或处决一整个皇室家族。

斯捷潘顿了顿,又说:"我想塔吉扬娜住在这里一定会很快乐。这里的环境很整洁,没有太多车辆或移民。"

塔吉扬娜微微一笑,再度独自走上阳台。我看见她把一只戴了手套的手举到眼睛的位置。我想她可能哭了,但我站在她身后,无法确定。

到目前为止我还没做出任何不光彩的行为吧?你对我应该还不至于改观吧?慢着,事情还在后头。

我们说要送塔吉扬娜回家,但她挥了挥手说她自己回家就可以了,于是我们跟她道别,先下了车,然后转搭红线前往普希金广场站。我们走上大布隆纳亚街,前往我家拐角的那个超市。来到肉贩摊位,我做了一个手势,就像玛莎在梦东方餐厅教我的轻拍脖子或轻叩无形肩章的手势,这个手势似乎每个俄国人都看得懂。我在面前举起双手,扭转手腕,像在扭转无形的把手。摊位里的男子立刻明白这个手势是指肉串,便包了一公斤腌小羊肉给我。我们在装饰得杂乱无章的白俄罗斯车站搭上一班通勤列车,从布托沃镇的另一头离开莫斯科市,前往应许的乡间小屋。

我记得我们在辘辘不休的火车上坐了一小时,不断被一种低劣的歌舞表演给推来挤去:乞丐和小贩在车厢内互相追逐,贩卖啤酒、笔、香烟、瓜籽、盗版 DVD 以及全功能香水(用来擦或用来喝)。不然就是演奏手风琴,叙述自己如何失去一条腿或如何在车臣失去丈夫。另外还有娼妓、逃亡者以及各色人间悲剧。我拿了一百卢布给一个面貌歪斜、身穿单薄外套的老妇人。三点左右,我们下了火车。

这里就已经很美了。火车站只是个垫高的木制月台,上头立着一个老式标示,写着"奥列霍沃"或"波林科沃"之类的名字,一种俄国乡村革命前的名字,十分惹人喜爱。这种名字在俄国施行集体化时被改去,柏林墙倒掉后才又改回来。月台上只有我们三人站立,彼此的气息混合,在雪地里刻画出深深的影子。目光所及尽是森林,树枝为白雪覆盖,仿佛点缀着糖霜。我们拖着脚步,走到月台尽头步下阶梯,玛莎和卡佳扶着我的手肘穿越铁轨之间的横木。我们踏上一条模糊的小径,穿过白桦树丛。白桦树枝瘦骨嶙峋,狡猾地让白雪无法栖身其上。我们朝看起来有人类活动的方向走去。

俄国是个奇怪的国家,这里有才华洋溢的罪人,但偶尔也会出现圣人,真正的圣人。唯有这样一个走过残酷试炼的国家,才能出现败坏与荣耀的疯狂组合,而那天下午便出现了这样的组合。眼前的俄国村庄看起来像刚经历过战争,一场不曾开始的战争:凡是清醒的、四肢健全的村民都已逃离,留下来的只有疯子、罪犯和警察。村里只有一家商店,店外站着两个留胡子的潦倒男子,可能在等第三个人加人好共享一瓶伏特加。我们走进店内购买矿泉水和木炭。

玛莎和卡佳拿起从莫斯科带来的袋子和木炭，留下矿泉水给我拿，矿泉水的大塑料容器提把嵌入我的冬季手套。她们领着我走上一条小径，沿着一区灰色公寓行走，来到一道生锈小栅门前。玛莎像典狱长般拿出一把老旧大钥匙打开小栅门。我们走进门内，仿佛回到圣诞卡上的俄国，但见白桦和苍翠如常的松树错落而立，树木之间的地面呈现天真的纯白色。我们费力地涉雪前进，听见零星小树枝被踩断的声音如挥鞭的爆裂声，在周围的树林间来回折射。前进一百米后，便来到一条半结冰的小溪，湍急的溪水在厚冰之间淙淙流过。为了过溪，我们踏上一条用绳子结成的步桥，步桥有些地方缺了脚踏木板，摇晃得像表演马戏特技，让我觉得自己有如西伯利亚版"印第安纳·琼斯"系列电影的临时演员。

乡间小屋在小溪的另一边，星散于树林之间，小木屋从雪地里冒窜出来，看起来摇摇欲坠。我只看见一间小木屋的烟囱冒出烟雾，其余小木屋似乎都无人居住。小木屋的屋檐悬垂着一根根冰柱，有如华丽的匕首。我们未见其他人影。

我们的小木屋大概是第五或第六间，坐落在一座被白雪淹没的庭院中，雪面毫无扰动痕迹，只有小鸟留下宛如几何图案的浅浅脚印。那栋小木屋就像比萨斜塔一般不祥地倾斜，外观如默片闹剧中胡乱搭成的房子，仿佛随时准备崩塌，留下我们毫发无伤地站在窗框和断垣残壁中。但屋内十分宽敞，不像外观那样看起来似乎无法住人。客厅里有一座停摆的落地大摆钟，沾满污垢的相框里放着先人的照片，一个赤裸的电灯泡从天花板垂吊下来。客厅那张沙发一定曾是某人的宝贝，被金色的布补过，扶手下方的镶板刻有安卧的鹳鸟。较小的第二个房间里放着煤气炉、许多金属小罐、一张桌子，令人意外的是，还有一道楼梯通到屋檐下的卧室。卧室里有一张铺好的单人床，一扇结霜的窗户望出去便是森林。

玛莎立刻蹲了下来，将门边篮子里的木头一块块塞进火炉口。俄式老火炉建造在墙壁内，过去的农奴会睡在上头。卡佳走到屋外，开始烧煮蒸汽室的蒸气。蒸气室是小木屋后方大约二十米的附属小屋，几乎位于森林之中，设有火炉和烟囱。玛莎朝一个轻便烤炉指去，那是个功能完善的金属炉子，炉腿可拆开，就藏在桌子底下。

我打开从莫斯科带来的小羊肉，把肉块插进相当坚硬的烤肉叉上，然后带着肉串和木炭走到屋外，独自站在寂静的冬日里照料炉火。天空又开始飘雪，轻飘飘的雪花落在木炭上滋滋作响。我站在那里，体验到驻外人员偶尔才能感受到的幸福。我距离那些不愿想起的人事相当遥远，其中包括我自己，我那过去的自己，我那遗留在伦敦的“那又怎样”律师和“那又怎样”生活，那个你现在已经认识的我。我身处于一个今天和每一天都可能发生任何事情的地方。

大概一小时后，小木屋内便已暖烘烘的，我们并排坐在沙发上，吃着串烤羊肉、平淡无味的亚美尼亚面包以及热腾腾的格鲁吉亚石榴酱汁，用有缺口的一口杯喝着冰冻伏特加，再灌下啤酒。玛莎的头发垂落在我肩膀上。她们都用一种俄国人所遗传、安静而专注的投机取巧之态在进食。

“我喜欢你的朋友。”卡佳说。

“什么朋友？”

“夜店的那个。拉斯普京夜店那个帮我们的朋友。”

“他不是我的朋友。”我说。

“也许他应该成为你的朋友。他是个好用的人。”玛莎说。

她微微一笑,不过我不认为她在说笑。我喜欢她的坦诚,但我不想谈到哥萨克。

“谁是阿尼雅?”我问她们。

“谁?”卡佳说。

“这栋小屋的主人就是她爷爷。”

“阿尼雅的爷爷在替铁路局工作的时候就有这栋小屋了。铁路局拥有这块土地,每个人都分到了一点,但她爷爷没来过。阿尼雅现在住在下诺夫哥罗德市,我想她爷爷可能已经死了。她也是我们的姐姐。”卡佳解释说。

“你们还有一个姐姐?”

她们露出微笑,想了一想。

“你知道,尼古拉斯,俄文里的姐姐不单指父母的女儿,还指父母的兄弟姐妹的女儿。我想你们在英文里是用另外一个词来称呼这种姐姐的对不对?”玛莎说。

“表姐。我不知道。”我说。

“对,表姐。”玛莎说。

“那卡佳是什么样的妹妹?”我问。

“她也是表妹。”玛莎顿了顿,然后说。

“对,”卡佳说,她的脸颊因为吃了酱汁、喝了伏特加而发红,“我是表妹。”她舔去手上最后的酱汁。

“你的家人也住在摩尔曼斯克吗？跟玛莎的母亲住在同一个地方？”

“我想是的。对，是住在摩尔曼斯克。”卡佳说。

原来她们不是亲姐妹，跟我原先想的不太一样。这是头一次跟她们在一起时，我的心底升起了一种感觉，有时我搭到一辆司机喝醉或生气的莫斯科出租车，心里就会出现这种感觉；这时我会坐在后座，伸手触摸车门把手，思索着何时跳车，内心却很清楚我不会跳车。我从不曾跳过车。

也许我问了太多她们家里的事以及她们的亲属关系，因此玛莎放下盘子说：“走吧，蒸气室可以用了。”

° ° ° ° ° °

附属小屋里有一个又小又油腻的前厅，大概一个大衣柜大，墙上有许多吊钩，火炉口有口小闸门，卡佳往那小闸门又送进许多木材。我们站了几秒钟，仿佛彼此都是陌生人，被挤在气氛冷凝的电梯里。接着我们脱下衣服，臀部和手肘彼此碰撞与摩擦。她们都穿丁字内裤，在我的印象中，俄国法律似乎规定未婚俄国女人都必须穿丁字内裤。卡佳穿的是粉红色褶边丁字内裤和与之成套的胸罩，我不记得玛莎穿了什么。她们把内衣也脱了下来。我脱下我仔细选购的豪华四角内裤，把眼镜放进冬靴里。“好了，快点！”玛莎说。我们赶紧冲进蒸气室中，以免蒸气流失。

蒸气室里没有任何舒适设施。有时我跟保罗一起去莫斯科上流场所的蒸气室，里头都会有柠檬茶、凶猛的按摩师和低声交谈的毛茸茸壮男。但这间蒸气室却是最让我印象深刻的。里头有一个粗糙的自家制长椅，一扇窗户透入外头越来越微弱的光线。窗户对面的墙壁上有一块金属盘，那块金属盘是火炉的背面：为了制造蒸气，你必须从小水桶里舀水淋在金属盘上。蒸气室里已经热得不像话，我们坐在长椅上，尽量让脚远离炙热的地板。我坐在最热、最靠近火炉的地方，卡佳坐在窗户旁光线晦暗之处。在这种情境下，你会试着不让眼睛乱瞟，却徒劳无功，然后便安慰自己说眼睛乱瞟是正常的。卡佳的胸部就像人体模特儿那般坚实，比玛莎的更丰满，而且她的金发是货真价实的。

我们肌肤贴着肌肤坐着，彼此的汗水汇集而下，在地上形成一摊水。

“那么，尼古拉斯，你觉得布托沃镇怎么样？塔吉扬娜住在那里如何？”卡佳说。

“我想那里很不错。”

“我不太确定。”玛莎说。我可以看见她的长腿，但她的脸庞隐没在黑暗之中。“那里很远。我比较喜欢她那套旧公寓。”

“但如果她想搬去布托沃，也许我们应该帮助她，尼古拉斯。我是说文件、法律那些事。斯捷潘可能需要那套老公寓的一些文件。她是个老苏维埃女人，不懂这些事的。”卡佳说。

蒸气室里很难说话，我一开口，热空气就灌进喉咙，烧烫我的喉咙后壁，所以我只说：“对。”

我们在蒸汽室里烤了大概二十分钟。我喝了伏特加本来就有点晕，才进去五分钟就想离开了，但我不想做第一个退出的人。最后玛莎说："现在我们去洗身体。"

"要怎么洗身体？"

"去雪地里。"卡佳说。

"我们跳进雪里。"玛莎说。

"那不是有点危险吗？你知道，"我倒抽一口气，在黑暗中指了指我的胸部，"对心脏有危险。"

"生命本来就是有危险的，"玛莎说，伸出一只汗水淋漓的手臂环绕我，"没有人躲得过它。"

我们轻手轻脚走过湿答答的地板，关上门直接穿过前厅。玛莎和卡佳发出咯咯笑声，面朝下扑进一块积雪颇深的原封未动的雪地中，那块雪地位于后篱笆旁的一棵茂盛松树下。我发抖了大约三秒，随后也扑进雪地。

那感觉像全身上下都被掌掴，或被一千只蜜蜂叮咬，但还不赖。在心跳暂停的那一瞬间，白雪扑灭了身上的热气。除此之外，我觉得自己仿佛做了一件不顾后果的事，像是高台跳水或抢劫火车，并且安然无恙。那些刺痛感证明我还活着，身体的每一英寸都活着，这种存在感比以往任何时候都更真切。

我一直怀念俄国人这个真实的部分，直到为时已晚。俄国人会做一些不可思议的事：一些你认为他们不可能做、你从来不曾想过的事。法国人进攻时，他们会放火烧了莫斯科；又比如他们会在外国城市毒害彼此。他们真的敢做，做完之后他们还会表现得像什么都不曾发生过。在俄国待得够久，你也会变成这样。

我们站了起来。我低头望向雪地，只见雪地在黑暗中并不阴沉晦暗，而是闪闪发光。从我没戴眼镜的眼睛望出去，玛莎的身体在雪地里压出的痕迹有如天使的轮廓。我们奔回附属小屋，双脚麻木，头发结冰。卡佳抓起衣服，赤裸地奔回小木屋。我拎起我的靴子，但玛莎从我手里拿过靴子，把靴子丢在地上，拉着我回到蒸气室。

“你们在摩尔曼斯克有蒸气室吗？”我问她。我在炽热的黑暗中几乎看不见她。

“有。”她说。她只说了这么一个字。

起初她的身体感觉起来很陌生，冰冷得有如雪地里的死尸，除了嘴唇以外，身上每一处都冰冷无比。她的嘴唇湿润而且会放电。在蒸气室的稀薄空气中，她是我的私人大赦、个人雪崩。在那个时刻，她抹去了令人不寒而栗的哥萨克、被我挥霍三十多年岁月，以及我的疑惑。

° ° ° ° ° °

我在夜里醒来，完全不知身在何处。我记得为了让自己冷静下来，我告诉自己说我躺在伯明翰，躺在我住过的最后一栋学生宿舍的床上，那栋宿舍位于荒凉的艾吉巴斯顿区。然后我看见玛莎睡在我身旁，睡在阁楼窄床上的陈旧被单里。细致的金发散在她的脊椎骨节上，在窗户透进的月光下闪耀光泽，如同用隐形墨水在她身上写下的一封情书。

我想尿尿。三十五岁后，夜尿突然向我袭来。这是回归尘土的先兆，但你会忍住不去想它，就像你二十来岁时突然有头痛欲裂、令人沮丧的宿醉。我穿着四角内裤步下咯吱作响的楼梯，经过睡在沙发上的卡佳，穿上靴子和外套，蹒跚地走到屋外。我放出尿液，看着自己的动物体温融化面前的厚雪。月光下，我看见我在白雪中切出的小洞底端浮现绿色叶片。

我书写着这段文字，回想我在莫斯科的那段失落岁月，不论当时发生过什么以及我做过什么，我依然觉得那一晚是我这一生最快乐的时光。如果可以，我希望能回到那个时候。

7.

在莫斯科,有时我会听见(或者我自以为听见了)街上或窗外传来如同伦敦黑色出租车在高速碰撞或拐弯时发出的独特尖锐刹车声。有时我希望在莫斯科地铁踩到别人的脚时,别人会跟我说抱歉,就像在伦敦地铁里那样。根据这些反射动作,我猜你可能会说那个部分的我想念英国。的确,有时我希望能在守法、守秩序的熟悉环境中放松一小时,释放压力,但这种感觉不足以让我搬回英国,即使到最后也是如此。伦敦和卢顿镇已不再是我的家乡。

那年冬天的圣诞夜,我搭车前往多莫杰多沃机场,驾车的司机热切地说有科学证据指出俄国女人是世界上最美的女人,唯独威尼斯女人可以与之一比高下。他指出二战之后俄国剩下的男人非常少,那些男人有一大群女人可以选择,这些女人于是生下美丽的女儿等等。路上一定有重要人物要通行,因为警车暂时挡在街上,我们被卡在十月大街上的列宁雕像后面动弹不得。列宁雕像手臂伸出,上面积着白雪。蓄水库里到处可见渔夫坐在他们切开的孔洞旁边。在机场,我的护照被盖上戳时,我也跟别人一样感受到这种时刻经常有的轻盈感,即使你爱莫斯科也会如此。因为粗鲁的店家、掠夺成性的警察和严苛的天气带来的压力被清除了,便有一种离开俄国的轻盈感。

班机抵达伦敦时,天色已黑。从空中往下看,街道上、河面上闪烁的亮光以及足球场灿烂的灯光,似乎都在上演灯光秀,只为了迎接我这个攻城略地、光荣返国的公司法英雄。

三小时后,在我父母位于卢顿镇的半独立式住宅里,内心嗥叫不已,一口接一口喝着父亲买的超市牌苏格兰威士忌。他们总是很努力,但你知道他们就是那样:有幽闭恐惧同时又感到寂寞。我比其他人都早到家,睡在跟哥哥共用的卧室。我曾和哥哥共用卧室直到他上大学。我妈又说了一次她要去莫斯科看我,她想看看圣彼得堡。三月初怎么样?很冷,我告诉她,三月初还是很冷。父亲的背痛又犯了,但我看得出来他努力硬撑。父亲问我工作是否顺利?俄国总统是否真如报上说的那么坏?我不明白他为什么似乎总在心底对我感到失望,也许跟道德有关,因为我的工作是在赚钱,而不是让世界更好。或者正好相反,我和莫斯科和我赚的钱提醒了那些他从未做过的事以及他永远不会为自己做的事。

圣诞节当天,我哥哥从雷丁市回来,带着妻子和儿子威廉(就是他在我爸七十岁生日宴会上偷拿我的 iPod)和托马斯。我姐姐则独自从伦敦回来。一如往常,我们送彼此实用而无关个人的圣诞礼物:袜子、围巾和“买礼物我投降”的约翰路易斯百货公司礼券。我替小朋友买了俄罗斯娃娃和毛皮帽,其他礼品则是在免税商店买的。

那应该是个温馨的场合,没理由不是,只不过我们已走上不同的人生道路，和彼此失去联系，再无交集，能谈的只剩下焦点模糊的轶事、有趣的骑驴活动和过度食用冰淇淋这些已经听过十几次的事，外加每当我们聚在一起便有如幽灵般浮现的古老怒意。对哥哥和我来说，他的儿子像是给了我们第二次好好相处的机会，但他们却令我们失望了。我们吃火鸡，称赞火鸡肉鲜美多汁，替小朋友点亮圣诞布丁上的蜡烛，戴上两边不对称的纸帽，转移到起居室的印花棉布沙发上，不屈不挠、尽忠职守地啜饮杯中物，只不过如此饮酒比较可能导致的是谋杀案而不是真正的欢乐。

我们热烈地谈论市中心的新停车规定，如同仪式般总为了是否要看女王的圣诞谈话而争吵，只因父亲想看。听见我的手机响起时，我就像在避难所听见空袭警报解除一样。

“尼古拉斯，英国怎么样啊?”

我觉得晕眩、兴高采烈，像是病了。“很好啊，莫斯科怎么样?”

“还不是老样子。路很难走，很多白痴。我想你。我在店里的时候会想你，晚上我也想你，尼古拉斯。”玛莎说。

“稍等一下。”我用俄语说，这句俄语有点伪装的意味，比英语有暗示作用。我快步走出房间，仿佛是青少年时期被女朋友叫了出去。我走进厨房，只见母亲把我们兄妹的电话号码用德拉姆教堂的磁铁吸在冰箱上，窗户上也有圣诞节电视节目表，母亲还在她想看的节目上画了可悲的小星星。一如往常，我被吸进了家庭的时光隧道中，仿佛立刻倒带，被带回长大后丢弃的角色里。

“我也想你。我跟家人说了你的事，玛莎。”第二句话不是真的，我只是觉得她会想听这种话。但第一句话是真的。我已经开始想念她和我的真实生活,至于其他一切都有点遥远而且不太重要。我想告诉她我碰到的所有事情,仿佛她若不知道,这些事就不曾真正发生过。你明白我的意思吗?

我问她卡佳怎么样,以及她在摩尔曼斯克的母亲和塔吉扬娜怎么样。

"听着,尼古拉斯,也许你可以带一个新年礼物给塔吉扬娜,我想她可能不会收到太多礼物。"

"当然可以,好主意。绝对是个好主意。我该带什么?"

"你想想啰,尼古拉斯,带个英国的东西回来。"

我们还说了许多话,大部分我都不记得了,但我记得她说:"我们很快就能见面了,尼古拉斯。我想你。我爱你。"

我回到起居室,每个人都避免和我四目相对,非常明显地表现得若无其事。我觉得自己被困住了,像吃完飞机餐想请空服员收走餐盘好让你脱困,而这似乎是世界上最重要的事。在我内心深处,我知道自己可能变得跟我父母一样,而且害怕跟他们一样无法走出自己的一条路。

我们坐下来看着小朋友,希望他们做出可爱或古怪的行为。我熬到圣诞节翌日的节礼日,便将回程机票提早一星期,在新年之前回到莫斯科。

我匆匆穿过行李转盘旁争夺父母行李的瘦削俄国少年,走进入境大厅里长得像罪犯的出租车司机当中,走进俄国每天上演的独特战争里。在这场战争里,每个人都跟他人对抗。我走过登机柜台,买了一张前往市区的火车票。

室外是千里冰封,极度低温,我的牙齿首先感觉到寒意,接着全身都遭受寒冷的袭击。我搭机场火车再转搭地铁,然后走出湿冷的地下道,踏进普希金广场的凛冽空气中。我回英国之前这里没这么冷,室外气温可能是零下十度。走街心花园路回家的路上,鼻息在空气中结冻成实实在在的冰雾,与圣诞节之前不同。我的面颊在翻领和下拉的帽子之间,肌肤暴露在空气中,被寒气刺痛而后麻木。我的鼻孔冻结在一起,鼻毛互相紧抱以求生存。麦当劳外的电子温度计显示零下二十七度。天气如此之冷,以至于几乎没有人在街上抽烟。交通警察穿的是老式毡靴,一种古老的俄式防冻靴,让他们可以在街上走来走去向民众索取贿赂,双脚仍不会冻伤。

我打电话给玛莎,安排除夕那天和她、卡佳共度,另外也和塔吉扬娜共度(至少在那天的开始)。距离国定的十天新年假期还有两个工作日,我的同事把俄国国定狂欢假期称为“寡头滑雪假期”。我没其他事好做,回来的第二天就进了公司。

“该死的调查员。”保罗说。我才关上他办公室的门,保罗便如此说道。透过办公室窗户看见底下的橘衣工人正在雪白而广阔的帕维列茨卡娅广场上铲雪,宛如愤怒的蚂蚁大军。“该死的哥萨克。”

“保罗,新年快乐。”

“这个项目就快要搞定了,客户就快要开心了,大家都快要开心了,只有这个调查员除外。他在哪里,尼古拉斯?”

“我不知道。”

“你知道,有时候我希望我们从来没见过哥萨克。为什么一定要是融资项目?为什么一定要是英属维尔京群岛?老是英属维尔京群岛。对了,你好吗?”

8.

事实上，在那个时期，即使是银行家也毫不在意他们服务的银行是否能回收贷款本息。他们卖出贷款，赚取奖金，然后可能在俄国人或其他人不履行债务之前就跳槽或升官。西方银行家都亟欲在莫斯科拓展业务，因为其他人似乎都这样做，而且大部分都不太关心贷款会流向何方。他们把钱借给大型能源或金属公司时，有半数是直接交拨现金而不要求担保：俄国人发的石油财可以淹死人，反正这些公司的老板知道长期下来他们会变得更有钱，有钱到就算再更有钱也察觉不出其中的差别，对吧？

哥萨克的专项公司是新成立的，没有信用纪录，因此我们仍必须做核查工作。我们收到地方政府来信，表示哥萨克的确负责这起工程项目。人民石油公司签了保证协议，说明油槽开始营运之后，可以从人民石油的北方油田运送多少石油到油槽，以及将支付多少出口费用。我们手上握有荷兰和美国的潜在石油买家的购油意愿声明。银行团则办了政治风险保险（倘若融资被征收或发生意外可补偿损失）。这个融资项目的主要合约既防水也防油。

但这些尚不足以让银行团放出第一笔贷款，我们还需要调查员维亚切斯拉夫的报告,确认他们选择的油槽工地稳定性以及初期工程的进度。为了让银行放款(金额是一亿五千万美元左右),年底之前我们必须拿到维亚切斯拉夫的调查报告。

哥萨克昨天就说他需要这笔现金付钱给工人和供应商。银行家也想把钱给他,若是拖到第二年,他们当年度的奖金就会减少。但整件事却碰上了阻碍。维亚切斯拉夫终于在十二月中旬动身前往北极,可是却失踪了。

我们在公司里都担心他是不是掉进冰层的窟窿里,或是在饭店酒吧结识了坏女人,但哥萨克说冰层不会有窟窿,一切肯定正常。他要我们在除夕那天去人民石油公司的莫斯科总部开会,签署要寄去纽约和伦敦的最后一批文件,好让银行团拨款。保罗同意了。他说去那里虽然只是浪费时间,但还是得准时抵达。他带了我跟谢尔盖一同前去。

人民石油公司比较像一个州而不是一家公司,除了油井、油槽、输油管,公司还有饭店、飞机、足球队。人民石油在高加索地区拥有多家疗养院,在加勒比海拥有一座小岛,在芬兰湾有一艘潜艇,据说在太空中还有几颗卫星。人民石油也经营预约式妓院,旗下还有听话的杀手。据说当时俄国国会有半数议员的薪资是人民石油支付的。人民石油在莫斯科南部设有一个外观古怪的总部;建筑物是九十年代建造的,看起来像上下颠倒的太空船,显然那是俄国建筑风格最古怪的时期。那天早上大概八点半，保罗、谢尔盖和我做的第一件事就是乘车来到人民石油总部门口。那天是除夕，我在俄国的最后一个除夕。

在俄国，通常你下车或离开建筑物后，身上还有二十到三十秒的余温，然后体内的热度才会消退，你也才会突然感觉到冷。这是一种舒适的暂时性错觉，像即将被斩首的鸡可以先跑上一圈，才明白它即将赴死。但在零下二十七度的低温里，你没有这种宽限期，立刻便觉得鼻孔冻结，泪水直流（我回英国期间，有个同事在帕维列茨卡娅广场为了接手机而除下手套，结果手机冻黏在手掌上）。我们快步走进人民石油总部复合式建筑前方的警卫室，拿出护照受检，经过造景大院的冰冻喷泉进入主建筑。活力充沛、身穿绿色迷你裙装的人民石油“接待员”带我们走进电梯，再左摇右摆引领我们来到太空船机鼻位置的会议室。会议室有餐具柜，里头放着伏特加、杯子和插有牙签的小鲱鱼片。室内有一整片落地窗可以欣赏整个冰寒城市。天空就像地上的雪一样白，也许天空更白一些，因为废气无法升得那么高。

墙边有一排椅子，女接待员坐在其中一张椅子上对我们微笑。谢尔盖吃了几片鲱鱼。我们等待着，假装没在看她。

大约一小时后，也就是九点半，哥萨克走了进来，还有两位律师和人民石油的一位副处长陪同前来。副处长看起来似乎只有十九岁，后来我才知道他是俄国军情局局长的女婿。哥萨克低声对女接待员说了几句话，女接待员走了出去，哥萨克还在她臀部拍了一下。

“要不要来点伏特加？”哥萨克用俄语问道。

“极度需要。”谢尔盖用英文说。

“不用，谢谢。”我说。

“别这样，今天是除夕。”哥萨克说。

“我们先工作，然后再喝酒。”保罗说。如果你懂得观察，就看得出保罗是只莫斯科老鸟。他参加宴会一定要到午夜才现身；他在机场就像一只惊逃的动物冲到护照检查处以避免排队；他在零下二十度还会到室外抽烟，而且没什么事可以令他惊讶。

“好。”哥萨克说。我们在会议桌旁坐下，无精打采地讨论法律技术事项。他对一个律师低声说几句话，那个律师离去五分钟才回来。大约二十分钟后，保罗的手机响起。

“说不定会是好消息。”哥萨克说。

保罗接起手机，走到窗边说话。我听见他说：“你在哪里？”然后又听见他用意大利语咒骂。他用手捂住话筒，问会议室的电话号码是几号。一名人民石油员工回答他，他复述一次，挂上电话。

“是维亚切斯拉夫打来的。”保罗说，坐回椅上。“他在索契市。”也许你知道索契市的地理位置：索契市位于黑海旁，远在维亚切斯拉夫应该去的地方的三千公里外。“他会再打过来。”

会议室中央的一个电话响了起来，哥萨克伸手按下扩音器按钮。

维亚切斯拉夫对每个人说抱歉，请求我们原谅，他家里有急事，这种事以后绝不会再发生，但我们不必担心。他和助理去过北极，还在那里待了将近一周，一切正常。建筑团队进度超前，而且没有超出预算。他们已经开始焊接输油管，输油管会从海边接到漂浮油槽上，岸边泵站的第一批零件已经送达，等天气好转之后就会开始组装。超级油槽目前在沿岸的干船坞里，已经开始改装（船身要改装成可以从一边的输油管接收石油，再从另一边输出，送进客户的油轮里）。他们在海床上选定了位置，将沉入十二个永久水泥锚。这些是他的正式报告。他正在整理书面报告，很快就会交给我们。他又讲了大概二十分钟，叙述大量的测量数据，包括分数、每日桶数、每秒米数、每年吨数。他又道歉了一次，然后挂断电话。

保罗、谢尔盖和我将椅子推离桌边，进行讨论。

“这样算是正式报告吗？”保罗低声对我说。

“很方便倒是真的。”我说。

“他在索契市干吗？”谢尔盖说。

“不过话说回来，他知道自己在说什么。电话报告和书面报告有什么不同？”保罗说。

“我们还有其他保证。”我说。

“而且今天是除夕。”谢尔盖说。

我不太记得我们在那场会议上是怎么想的了，可以确定的是我们急于把银行家想要的东西交给他们，也就是打发问题，而且不要再发现新问题。我们也看得出哥萨克是个投机分子。此外，根据当时的松散标准，这没有那么不合规定。我们曾经跟维亚切斯拉夫合作过；所有文件都已准备妥当；更重要的是，这个工程项目背后有人民石油撑腰，即便人民石油在法律上无需负担责任，但人民石油即将在股票交易所上市交易，因此我们认为人民石油一定会在意公司的声誉。对这样一家巨无霸公司而言，融资偿还金额就跟零钱没两样：人民石油的高级主管每年用私人喷气式飞机送妻子去巴黎逛街所花费的费用，可能就跟融资偿还金额相当。这个工程项目有人民石油在后面撑腰，而人民石油后面的某个地方有俄国总统撑腰。我们必定认为斯蒂夫说的是对的，哥萨克和他在克里姆林宫或 FSB 或任何机构的朋友，一定会从中牟取一点私利。我确定当时我们相信银行团会安全无虞。

最后由保罗做出决定。他说："好，就这么办。"

保罗走到窗边，打电话给银行团领袖，把他从曼哈顿的床上吵醒，告诉他这个好消息。俄国人从餐具柜拿来伏特加和鲱鱼，我们举杯敬酒。

这下子皆大欢喜。银行团欢喜了，保罗欢喜了，哥萨克也欢喜了。哥萨克非常欢喜，邀请我和保罗跟他一起去阿尔泰山打猎，还说会教我们用手榴弹发射器。他想知道我最喜欢的〇〇七电影是哪一部，有关皇后乐队主唱佛莱迪・摩克瑞的一切是不是真的。回顾当时，我想哥萨克认为这一切都很正常，这就是他做事的方式。我们一起喝酒谈笑，讲述家庭状况，然后把事情办好，一切再正常不过。我想他认为我们是朋友。

"那么，"哥萨克说，"尼古拉斯，你什么时候去北方看我们？你的新生活在等着你喔。不过话又说回来，我很喜欢你的莫斯科老婆。"他对我眨了眨眼，带着些许晦涩的勒索意味，然后将一小杯伏特加一饮而尽。

° ° ° ° ° °

保罗带我们去"沙漠笑骆驼"餐厅吃午餐，好好庆祝一番。这家乌兹别克餐厅位于涅戈林纳街，谢尔盖和我在帕维列茨卡娅广场大楼前跳上一辆路过的俄制“伏尔加”轿车，准备前往。司机是个非常开朗的人，正在学英文。他从置物箱拿出一本练习簿，放在方向盘上，只要听见哪个字词的发音他喜欢，就会写下来（午餐、美国西部、无担保贷款、并购、埃克森美孚）。他一定是运用声纳在开车。餐厅外站着一个身穿白色毛皮制服、正在发抖的黑人门房；餐厅的衣帽间内，两只天数已尽的小公鸡用爪子扒拉关着它们的小笼子，准备在除夕夜大餐上把彼此的眼睛给抓出来。餐厅里有两个肚皮舞娘，其中一个是金发，身段柔软灵活，正在扭动臀部，裙腰之处塞满一百卢布纸钞，宛如花环，看起来比较像是下了班的脱衣舞娘而非正统肚皮舞娘。另一个舞娘的头发是自然的深褐色，一下一下地扭动腹部，完全无法吸引客人的目光。

鞑靼秘书奥尔嘉表现得十分殷勤，在我的酒杯上呼了口气，然后将杯子擦亮，但我如果不是散发出“我有情人”信息素，就是发出口臭，因为她不再对我示好，转而把注意力放在保罗身上。席间谢尔盖讲述了他努力避免被征召入伍的过程。在俄国，入伍服役似乎是虐待和劳役的代名词。他的家人有两个选择：花钱贿赂经办征召业务的军官，请他放谢尔盖一马；或花钱贿赂不正派的医生，替谢尔盖开一张不适合服役证明。谢尔盖说，他们付给征召军官一万美元，但那个军官竟然欺骗他们，还是对他发出征召令，最后他们还是得贿赂医生。

“后来你怎么想？我是说关于军队、在俄国服兵役。那个军官欺骗你们之后，你怎么想？”我说。

谢尔盖那对马铃薯般的眼珠看向一边,努力想了大约二十秒。

“呃,我当初应该先付钱给医生的。”

就在此时,我想我看见了卡佳。她在餐厅另一边替客人服务,身穿女服务生制服,黑色短裙、白色素净上衣,头发整齐地编成一条辫子。起初我不确定那是她,但后来我十分确定。我站了起来,走到她面前拦住她。她手上拿着吃剩的水果盘正要返回厨房。

“哈啰,卡佳。”我说。

“两分钟后在酒吧旁边的逃生口外跟我碰面。”她用俄语说。

街上非常寒冷,站在外头简直像自杀。卡佳穿着别人的外套和女服务生制服走了出来,双手环抱胸前。

“尼古拉斯,”她开门见山地用英语说,比较镇定了些,“别告诉玛莎你在这里看见我。求求你,尼古拉斯,求求你,我需要赚钱来付学费。玛莎不知道我在这里工作,如果她知道我不是全职学生,可能会生气。”

她的一只手蜷缩在外套袖子里,放在我的臀部上方,眼望着我,脸上没有一丝微笑。如果我们再多待个一分钟,四肢可能都要给冻坏了。

“好。”我说,并替她感到难过,这一定是她希望我有的感觉之一:替她除了念书还得秘密打工而感到难过,替她的命运比我坎坷而感到难过。“我保证不会讲。晚上见。”

我们走进室内。

稍后,当出租车穿过拥塞车流,载我们回到帕维列茨卡娅大楼时,我的半醉沉思让我看见一件事,在当时可以称之为洞见。我心想，他们都是婴儿，这些开着黑窗轿车、带着乌兹冲锋枪的俄国人都是婴儿。从保镖到哥萨克到炫耀武力的俄国总统，这些人表现出来的都是幼稚的暴力倾向。我心想，俄国人之所以会有那些世俗心和痛苦，都因为他们只是婴儿。

° ° ° ° °
°

“真可惜。”塔吉扬娜开玩笑说。我们坐在她过热的客厅里。“这么冷的冬天，却没有战争。”

同一天大约晚上九点，也就是除夕夜九点，许多青少年在街心花园路和清水塘周围喊叫，对彼此扔掷鞭炮。卡佳换下服务生制服，和玛莎同样穿了裙子。她告诉我说，待会儿我们要去别的地方。玛莎换了我从没见过的发型，她把头发全往后梳，在后脑扎成马尾，以凸显她的绿眼眸和紧绷的双唇。我们说哈啰时，她吻了吻我的耳垂。塔吉扬娜又花工夫做了自助餐点。我送她从伦敦带回来的礼物时（包括苏格兰酥饼、英式巧克力以及装在锡盒里的伯爵茶，锡盒画成双层巴士的模样），我一度以为她就要哭了。

她把锡制茶盒摆在架子上，就摆在她和彼得的黑白照片旁边。我中午在乌兹别克餐厅喝的酒到了晚上已然消退，敬酒时便可再喝。我们举杯敬酒，敬新年、爱以及英俄友谊。干杯时，卡佳的上衣被拉了起来，我注意到她穿了肚脐环。

我们开始讨论公寓的事情。

塔吉扬娜很兴奋，也很紧张。她要去哪里买杂货？她问。如果布托沃镇的公寓一直无法完工怎么办？她的确想离开市中心，因为她年纪太大了，也很疲惫，但另一方面，她在市中心已经住了很久，她熟悉的一切都在这里。

玛莎说斯捷潘确定布托沃镇的公寓会在四月完工，但为了慎重起见，他们会等到五月底或六月初才签定最后的合约，这样塔吉扬娜还赶得及在那里度过夏天。

接下来她解释说，塔吉扬娜和斯捷潘在完成交易前必须先取得许多重要文件。他们需要两套公寓的所有权证明和塔吉扬娜那套公寓的合法私有化证明。他们需要一份证明书，证明她的公寓并未因为莫斯科市长的建筑淘汰指示而即将被拆除：莫斯科市长可以立刻判处一栋建筑物死刑，而市长的哥哥可以因为该地重建公寓而取得高额佣金。另外他们需要一份文件，证明除了塔吉扬娜之外，没有其他人的户籍登记在这里，比如说一个囚犯或分居的配偶，可能突然出现并主张他对房子的所有权（俄国人仍然不能想住哪里就住哪里，不能像你跟我那样突然跑去伦敦肯宁顿区住下来。俄国人必须登记一个特定的地址，好让当局知道哪里可以找到人）。他们还需要两间公寓的技术证明书，上面列出平面图、配管图、建物结构等。最后他们需要法律合约。玛莎说，通常呢，这些文件会由房产经纪人准备，收费令人咋舌。

“可是呢，尼古拉斯，你会帮塔吉扬娜处理法律事宜对不对？”她用俄语说。

“对，当然啰。”我说。我已经在蒸气室里答应过她了，我们两人都没有忘记。

“你是个真正的英国绅士，”塔吉扬娜说，“我们能认识你真是幸运。”

“小事一桩。”我说。

我们说好在新年长假结束后，第一件事就是去找公证人，取得委任书，让我代表塔吉扬娜处理法律事务。

将近午夜之时，塔吉扬娜开了一瓶甜得相当病态的克里米亚香槟。我们观看烟火在清水塘旁边那栋奇幻建筑上方的天空爆出火花。

“愿上帝将你握在他手中。”塔吉扬娜说。

一等到不至于失礼之时或之前，我们便告辞离开，在路边拦下一辆车。司机是个脸上长青春痘的青少年，外表看起来才十六岁。他载我们驶上街心花园路，穿过特维尔大街，经过新阿尔巴特街上的赌场。赌场在隆冬夜晚缤纷闪烁，有如北极沙漠中的绿洲。然后车子越过冰冻的河面，来到乌克兰饭店。

乌克兰饭店是一栋斯大林时代建于莫斯科的哥特式宏伟大楼，外表饰有污秽的雕像，里头有格鲁吉亚帮派分子、次等摩尔多瓦妓女以及办得很吃力的欧洲式校园派对。我们在冰冻人行道上曳步绕过大楼侧翼，玛莎和卡佳的细高鞋跟戳入冰面。我们来到饭店后面，爬上几道逃生梯，按下门铃。玛莎说出她从同事那里得来的密语，我们便进入一家大型地下酒吧。

凌晨四点左右，我们离开酒吧。玛莎跟我回家，卡佳独自走进冷飕飕的新年清晨。我请玛莎带我回她们的住处，但她不肯。她向来不肯。当时我以为她之所以不肯只是出于羞愧，十分正常。

9.

我在新年假期过后第一天早晨做的第一件事,就是陪同塔吉扬娜前去公证,取得委任书。日期应该是一月十日左右。那天玛莎得上班,所以卡佳送我们去。

公证在莫斯科是蓬勃发展的行业,就像房产开、格鲁吉亚餐厅和卖淫。他们是专制政治遗留下来的无意义职务,在俄国要做任何事,或多或少都需要公证人核发盖有印章的法律文件。当天早上我们三个人去的公证人办公室藏身在旧马戏团建筑里,位于市中心北边。我猜想当音乐停止,邪恶帝国崩塌,俄国人彼此匆匆互看一眼,便把可以抓住的东西都抓在手上,而这些公证人就抓到了曾经容纳特技演员或驯狮师的房间。

我们从马戏团外的人行道上滑溜而过,塔吉扬娜在冰面上的移动速度比我还快,冬季之于她就像水之于企鹅。我们走过阴暗的马戏团走廊,坐在公证人的等候室里,只见墙上挂着一大张骄傲的苏联地图。我心想,让我们等待应该是他们工作的一部分。只要是权力凌驾于你的俄国人(公证人、救护车人员、服务生)都有权利先让你等待再帮你服务,好让你知道他们有这个能耐。

我们坐着等待时，塔吉扬娜告诉我，四十多年前她曾来这里看马戏团表演。马戏团里有两头大象和一只狮子，她说。

“其中一头大象用两条后腿站立，”她记起当时的表演，嘴角泛起微笑，伸出有如仓鼠脚爪的双手做出大象的站姿，“一看见那头大象，彼得和我就知道我们到了莫斯科。我们知道莫斯科是个不折不扣的世界首都。一头大象啊！”

我问她是否想念西伯利亚或那个位于列宁格勒市郊的村庄。

“当然想念啰，我想念那里的森林和那里的人。西伯利亚人是不一样的。我在莫斯科也学到了其他事情，也许那些事最好还是不知道的好。莫斯科不是只有大象而已。”

卡佳正在输入她那有如史诗般的短信，这时抬起头来叫塔吉扬娜不要烦我。我说不会，塔吉扬娜说的话很有意思。我喜欢回想那时在莫斯科的我：对事物感兴趣，会关心别人，而且不知为何自觉比大部分的驻外律师高尚。他们通常只在俄国随便待上两三年，然后便返回伦敦或纽约替更有名的骗徒工作，有时会成为“讼棍兄弟”律师事务所之类的合伙人，带着可观的国外银行存款和“酥胸与冲锋枪”的狂野东方故事，作为漫长通勤时间的抚慰。

我问塔吉扬娜怎么熬过斯大林时期、二战时期和其他艰辛时期。这是个愚蠢的问题，我知道，但却是个重要的问题。

“有三条规则。如果你幸运的话，只要遵守这三条规则，就可能活下来。”她抬起一只手，用粗短、布有皱纹的手指开始数。“第一，千万不要相信他们说的话。第二，不要害怕。第三，不要接受别人的人情。”

"公寓除外。"我说。

"公寓除外。"

"公寓怎么了?"卡佳又抬头问。

"没什么。"塔吉扬娜微笑说。

我问她对现任狡猾的总统(一个屠杀者,在我看来,他就跟历任俄罗斯领导者没两样)有什么看法。她说现任总统是个好人,但他这个好人必须孤身面对许多坏人,而他无法独自解决俄国所有的问题。尽管她举止彬彬有礼,但还是压低声音,朝四周查看。我问,她在不在意执政者似乎把半生时间都用在偷盗上?她说,在意,当然在意,但就算克里姆林宫换了一批新人也没有多大意义,因为他们只会重新开始偷盗罢了。至少现在执掌克里姆林宫的人已经很有钱了,所以有时可以关心一下其他事情。

我问她现在的生活是否比以前好。她说,是的,现在生活比较好了,对某些人来说现在的生活好多了。对年轻人而言,生活绝对好很多,她说,看着卡佳并露出微笑。

我们陷入沉默。卡佳的手机发出哔声,她读了短信之后,眉头蹙了一会儿,然后说:"我得走了。"她倾身过来,直到我的耳朵感受到她的气息,然后用英语低声说:"尼古拉斯,请你不要跟玛莎说我离开你,我得去学校。"她站起来,依然用英语说话,好让塔吉扬娜听不懂。"尼古拉斯,请你记住,她是个老太太,有时会出错。"

她穿上外套,然后离去。

我们在诡异的马戏团等候室里等了十五分钟,公证人才叫我们进去。除了这次之外,我只跟塔吉扬娜单独相处过一次。现在我知道，到了第二次和塔吉扬娜单独相处时，一切都太迟了，我已涉入太深，离原本的我太远，即将成为另一个我。但我想、我希望，在那个一月早晨，我还没离原来的我太远。如果那时我问了几个简单的问题，而不是沉默地坐在那里，面带微笑，看着靴子上的雪在拼花地板上化成水滩，那么——我确定、我希望——事情应该会有所不同。

最后我问她是否认识奥列格的朋友。

“塔吉扬娜，我知道机会微乎其微，但我还是想问一下。你认不认识一个叫康斯坦丁·安德烈耶维奇的老男人？他跟你住在同一区。”

“等一等，”她说，闭上双眼，手指按在太阳穴上，“康斯坦丁·安德烈耶维奇……我不确定。他是谁？”

“他是我邻居奥列格的朋友，我们找不到他。”

“不认识。我想我不认识，抱歉。”

我们又陷入沉默。

“再次谢谢你的饼干和茶，”塔吉扬娜打破沉默，“收到英国名产很叫人开心。”

“也许哪天你可以去英国玩，去看看白金汉宫、伦敦塔。”

“也许吧。”她说。

公证人唤道：“下一位请进。”

狭小的办公室摆着两张桌子，各有一名女子坐在桌后。我记得房间里有一扇窗户，看出去是灰白色街道上的铁锈色酒吧。那是个美丽的仲冬之日，天空澄净耀眼，犹似我们去意大利度假时见到的地中海蓝天。右边桌后的女子有点太年轻，既不像正常人类，也不像公证人。较年长的女子是上司，她体重过重，戴着眼镜，身穿羊毛衫，有颗长毛的痣,而且非常没有礼貌。如果是在别的国家,你会以为这是整人节目,摄影机藏在某个地方。

她接过我们的护照,开始填写委任书表格。当她发现我护照上的名字跟申请表上写的看起来不一样,立刻发出欢快的尖叫,而当我解释说那是因为护照上是把姓氏摆在前头,她看起来似乎有点沮丧。在她把两份文件副本推给我们大约三十次之后,终于大功告成。她在两份副本上盖章,推过桌面,头也不抬便叫我们付给她助理四百卢布。塔吉扬娜和我各拿了一份副本。这表示我可以代表塔吉扬娜处理并签署所有交换公寓的文件。公寓交换计划现在也成了我的计划。

我们去乘地铁。塔吉扬娜要回家,我要去上班,而且已经迟到了。她跟我道谢,吻了我的双颊,并说再见,然后朝电动扶梯摇摇摆摆地走去。

不知为何,有个景象一直存留在我脑海中:地铁售票台旁有两个男子正在争吵。这个景象似乎在说事情有时可以不必演变成那样,尤其是当你不希望事情演变成那样时。争吵的男子中,一个是高大的俄罗斯男子,另一个是愤怒的格鲁吉亚男子,他那颗光头几乎跟球一样圆。俄罗斯男子不停地高声说:“把刀给我,尼卡,把刀给我。”

那天晚上我发现奥列格在楼梯平台上苦恼地等待着。我看得出他是在等我,因为他没穿外套、没戴帽子,不像要出去,也不像刚回来。他站在家门口,像是等着从医生口中听见坏消息的家属。他微笑,开口问我好。我说我很好,可是很累。他并未让开。

“尼古拉斯,我得再请你帮个忙。”

我知道是那个老人的事。“奥列格,原谅我,我还帮得上什么忙吗?”

“求求你,尼古拉斯,去我朋友家看看,看看就好。我想他家有别人,我在楼梯上听见他们下来。求求你。”

我直视奥列格的双眼,他移开视线,我看得出来他对于开口恳求感到不好意思。现在回想起来,我认为在某种程度上,这整件事其实跟他朋友没有太大关系,而是跟抗拒改变、对抗时间有关。他只是尽量让自己的生命可以被辨认,透过他的朋友、他的猫、他自己的举止,能多久是多久。我想这就是为什么他仍住在市区公寓里,不像大部分跟他一样拥有一套公寓的俄国老人会把房子租出去,依赖房租维生(他们较不具实质的资产在九十年代经济危机时都蒸发了)。奥列格希望时间静止。

“好吧,”最后我说,“跟我说他住在哪里。”他把地址告诉我,我还记得地址是:加里宁大街九号三十二室(位于我们公寓和沿教堂延伸的街心花园路间的小拐弯处)。

“那么我出去后右转,然后在第一个路口左转,就在教堂那边?”

“俄国没有路,只有方向。”奥列格说。

我重新戴上帽子和手套步下楼梯,朝街心花园路走去,然后转弯踏上卡林斯街。街上颇暗,唯一的生物是一群黑色胖乌鸦聚集在垃圾桶旁。建筑物外墙排水管底下凝结的冰在街灯照耀下闪着深沉的亮光。

我来到康斯坦丁住的公寓前,做了莫斯科游民在致命冬夜会做的事:按下每一户的电铃。游民这样做是希望有人会不小心或心怀怜悯或喝醉了,按开大门,让他们进去在楼梯间睡觉。有人答话,叫我滚开,但还是把门按开,也许是不小心吧。我爬上旋绕着笼式电梯的楼梯,来到三楼,找到康斯坦丁家的大门。

我听得见他的呼吸声。我按下门铃,便听见男子的嘀咕声和鞋子踩在拼花地板上发出的嘎吱声。我听见他在门前二十厘米处停下脚步,以及他倾身从窥视孔看出来时身上皮外套发出的叽叽声。从喘气声听起来,他是个老烟枪。我们距离相当近,他可以跟我握手,也可以割开我的喉咙。

我们站在那里,隔着一扇门面对彼此,感觉仿佛过了一百年,但其实可能只过了三十秒。然后他干呕一声,吐了口痰,似乎觉得自己必须假装不在门后,同时又想清楚表示他不在乎像我这样的人知道他在门后。我转过身步下楼梯,起初走得颇慢,接着越来越快,一次跨过三个台阶,像在逃离一只熊,心里暗自希望那只熊不知道你有多害怕。

来到一楼之后,我看见一个老妇人从一个遭到破坏的信箱里取信。

“抱歉,请问你知不知道住在三十二室,康斯坦丁·安德烈耶维奇家的人是谁?”我用俄语说。

“知道得越少，”她看也不看我，只是说，“活得越久。”

“请你告诉我。”我说。

她转过身面对我，她有一双锐利的眼睛和白色胡须。

“你是谁？”

“我的名字叫尼古拉斯·普莱特，我是康斯坦丁·安德烈耶维奇的朋友。”

“普莱特先生，我想住在他家的是他儿子，他们是这样告诉我的。”

“你见过他吗？”

“也许吧。”

“他长什么样子？”

“我不记得了。”

外头的风扫过由老商铺构成的街道，把雪吹到我的脸上，令我鼻涕眼泪直流。回来时我忘了戴上帽子，倘若我在街上闲晃得久一点，可能便会失去一只耳朵。我回到公寓，走上楼梯，靴子上的雪散落在楼梯上。我按下奥列格家的门铃。

“奥列格，康斯坦丁是不是有个儿子？”他来应门时我问他说。

奥列格摇摇头。

由于我还站在那里，由于我无话可说却还想说些什么，由于我突然想到有件事我还不知道，因此我问他的猫叫什么名字。

“它叫格奥尔基。”奥列格说，转身入内。

10.

“你知道他们是怎么做的吗？你知道那些狠角色都是怎么做吗？首先他们去找一个酒鬼或游民，付他五百美元，给他一张被害人的照片，承诺事成之后再付五百美元。游民心想：管他的，这些钱够我买一年的酒或防冻剂。于是游民在门口或走廊拿刀子或锤子杀害被害人。如果游民想用高级一点的方法，说不定会使用在立陶宛的工坊里由真枪改装而成的空气枪。”

“为什么是立陶宛？”

“听好了，尼克，事情到这里还没结束，接下来才是聪明的地方。客户会付一万美元给职业杀手，做掉那个游民。你知道的，职业杀手行事谨慎，会先用灭音器再对脑袋开枪，万无一失，干脆利落。这样一来，客户和原始目标之间就没有活人作为连结。故事结束。”

这时斯蒂夫突然住口，对两个红发长腿女郎眉目传情，她们在我左后方的脱衣舞钢管周围互相追逐，其中一人身穿白兔装（弹性布料耳朵加毛茸茸的白色尾巴），另一人身穿棕熊装（熊爪、熊皮胸罩、褐色小熊鼻）。我想那家脱衣舞店叫“狩猎俄罗斯”，是斯蒂夫最爱去的店，在共青团大街上。

“哇。”他说，喝了口酒。

我问他从秋天开始采访的那条能源大新闻怎么样了，他便开始夸张地讲起谋杀。斯蒂夫说，那则新闻被压了下来，因为编辑受到毁谤威胁而吓坏了。但斯蒂夫去了西伯利亚这个偏远地区，西伯利亚有三个欧洲那么大，气温零下三十七度，害他几乎失去脚趾。他去西伯利亚是因为该区首长大概在一个月前头部急性出血：这位首长发动肃贪，惹恼了内政部某个官员，不久之后就被发现倒在自家后院的蒸气室里。那是自杀，斯蒂夫解释说，至少检察处和当地报纸是这么说的；这位首长对自己的脑袋开枪——一共开了两枪。

我们哈哈大笑。在俄国待上一阵子之后，你便学会大笑。

接着他讲起俄国职业杀手市场的运作模式。现在价码提高了，斯蒂夫说。你可以雇用退役的车臣反抗军，但必须透过他们的俄军朋友，这些俄军朋友会卖武器给他们，因此价码攀升。如果想用不到一万美元的价码找个称职的杀手，他认为现在得离开莫斯科，去叶卡捷琳堡或卡卢加市才找得到。通货膨胀，他说。真糟糕，我说。

棕熊抓到了白兔，或白兔抓到了棕熊，然后她们开始舔吃彼此。她们吃完之后，一个身上只戴飞行太阳眼镜、足蹬高跟鞋的金发女子用脚踝把自己挂在钢管顶端；钢管从天花板伸至地面。斯蒂夫开心地喝了一大口红酒。

我承认，刚到莫斯科的第一年，我前往这类脱衣酒吧的次数难以计数，像是雪皇后酒吧、皮加尔酒吧和爱经酒吧，几乎变成工作的一部分。之前在伦敦时，我曾因为参加男性聚会而去过一两次克拉肯威尔区的艳舞酒吧，除此之外再也没去过。可是在莫斯科，只要你有阳具和信用卡,一周至少有一个晚上会拿卢布往镶有假钻的内裤里塞,所有的驻外律师、银行家和半数的俄国男人都花得起这个钱。然而到了那年冬天,去脱衣酒吧开始变得有点损及人格:损及我的人格,而不是脱衣舞娘的人格。我从来没真正关心过那些脱衣舞娘。此外,我有过一次非常不愉快的经验,那晚酒保在我的账单上加了几杯我没喝的超贵鸡尾酒,我据理力争,保镖便把我带到厨房外的小院子里,一把抓住我的头发把我摇来晃去几秒钟,晃掉了我的眼镜,也把我晃得同意掏出钱来。那时我已有了玛莎,有她便已足够。过去,我对一个女人的爱意不会维持那么久,就算我喜欢她们,通常过了一两个月,我的眼睛就开始乱瞟,但玛莎似乎变得更好、更热烈、更自私,一种正向的自私,感觉真正的她和真正的我是黑暗里的两只哺乳动物。

我有好几个月没处在微带同志意味的脱衣酒吧氛围里,跟众人一起处于半醉的、兴致勃勃的状态。但斯蒂夫想去,所以我们就去了。

“你的真命天女怎么样啦?那个你在地铁站认识的女人?”他问。

“她很好。”

“她搬去跟你住了没有?”

“还没,快了。我是说,她还没搬,还没。”

“摩尔曼斯克的老太太呢?她什么时候会出现?”

“滚开啦,斯蒂夫。”

我想那时是二月初,我家和街心花园路之间的教堂院子里积雪及腰,街上没铲雪的地方积得更高。玛莎很好,我们很好。她一周有两三个晚上在我家过夜，我开始储放她喜欢的食物，像是腌蘑菇、莓果汁、俄国优酪饮料，而优酪饮料的味道我一直无法适应。我雇用一个白俄罗斯清洁工，来把我的住处打扫得干净卫生一点。如果我跟玛莎是在伦敦，到了这个阶段，她可能会正式搬进我家。你我都知道，在伦敦，实用性和房价考量会把肉欲推向承诺，把现在和未来搅拌在一起，在浪漫爱情里画上一条底线。玛莎从普希金广场站到特列季亚科夫画廊附近的手机店只要花四分之一的时间，走列宁格勒路就可以去上班，但她没提，我也不想催她。

“她有个妹妹，叫卡佳，金发，是个好女孩。她今年二十岁，似乎又天真又像大人，是 MGU 的学生。你会喜欢她的。”我对斯蒂夫说。

“听起来我好像会喜欢。”

“不过卡佳不是她的亲妹妹，而是表妹。”

“原来如此。”斯蒂夫说。女服务生身穿豹纹迷你装和及腿蛇皮靴，聚在我身后的舞台上表演每小时上演一次的“丛林舞”，斯蒂夫的注意力也从我身上飘离。

“有件事很奇怪，除夕那天我跟同事去了涅戈林纳街的乌兹别克餐厅，就在我们跟哥萨克签完文件之后，没想到卡佳竟然在那里当服务生，她不希望我告诉玛莎我在那里看见过她。”我说。

我还没告诉斯蒂夫玛莎跟我的初夜，卡佳就在一旁观看。我谁也没告诉。但我很想找人说，就像天底下所有的男人有时就想把这种事说出来。不只如此，比起我和玛莎，我想把你我之间视为不同的关系，也许比较纯洁些。

“你带她们回家，脱下她们的衣服，通常会发现好像少了某样东西。”斯蒂夫心不在焉地说。

我开始讲述自己怎么认识她们的阿姨以及布托沃镇,包括塔吉扬娜亟欲离开市区,而我正在帮她忙。我得去排队完成许多官僚程序,必须跑许多机构,而这些机构只在每星期四对外开放两小时。我必须亲自出马一两次,在文件上签字,不过我尽量把跑腿工作交给公司里的鞑靼秘书奥尔嘉。奥尔嘉不久前才买了套小房子,对这些流程似乎很熟悉。我把塔吉扬娜在清水塘的公寓地址和布托沃镇新家的地址给了奥尔嘉,因为我们也必须核对那些文件:地址是喀山大街四十六号二十三室。我答应奥尔嘉只要她能把所有事情搞定,就请她去大剧院旁那家饭店顶楼的抢钱酒吧喝鸡尾酒。

“不会很麻烦,我不用费什么力气。她是个亲切的老太太,列宁格勒围城战她就在现场。”我对斯蒂夫说。

“原来如此。”斯蒂夫说。要把斯蒂夫的注意力从丛林舞移开,塔吉扬娜至少老了五十岁。

我们坐在舞台左边的肮脏小雅座里观赏丛林舞。几分钟后,鼓声停止,女服务生穿上衣服。斯蒂夫拍手叫好。

他问起哥萨克的事。

“你知道他代表的是谁吗?我是说你那个哥萨克朋友。”

“你认为是谁?”

“说不定是总统办公室副主任或安理会主席。圣彼得堡那票人正在接管政权,老国防部派系已经开始紧张了,他们想趁还有能力的时候尽量找赚钱的机会。我猜他们设立这家公司是想分得股权,这样日后就能赚取一些零用钱。”

"可能吧,我们也没那么天真,斯蒂夫。也许你说得对,再过几个星期他们就会拿到第二期款项,最后一期款项会在几个月后交拨。他们说到了夏末,油槽就能开始输出石油。如果他们明年春天不开始履约偿付债务,罚款条例就会启动。"

"我相信你知道自己在做什么,尼克。可是顺带一提,我去打听了一下。你说这家物流公司是跟人民石油合伙的?没有人听过这家公司,这是一家空壳公司,我敢打赌这家公司处理的物流事务只是把钱送去欧洲小国列支敦士登。如果你查出银行家有谁,再跟我说。"

"也许吧,斯蒂夫。"

三个舞娘戴着红军毛帽在桌子间行进,手上拿着假冲锋枪(至少我认为那些冲锋枪是假的),身上挂着经过精心安排的子弹带,垂挂在她们的身体弧线上,三点不遮。她们身上有大量矽胶,少许体毛。

"你不是要去高加索吗?"我问。电视新闻上说,南方高加索地区的形势又紧张起来了,就是那些细碎的小穆斯林地区,那里总有人反抗和死亡。

"可能吧,可是这条新闻很难卖,除非死亡人数后面再多三个零,否则伦敦主播兴趣寥寥。况且俄国人又把每个人都挡在外面,你必须跑到车臣,然后花钱跨过边界。不过可能下星期吧,错过就太可惜了。"

几个观光客带着白兔和棕熊,消失于厕所旁的小隔间。既然我要对你坦诚以告,我也该承认做过类似的事。一共三次吧,我想。我在莫斯科是付过代价的。第一次是意外,当我回神过来时已然太迟,也无法制止自己;另外两次是因为既然我已打破禁忌,所以心想,管他的。在我刚到莫斯科不久，有一次，我说服一个在伸展台上走秀表演的乌克兰女子跟我回家，我没付她钱，而且她正在上班。别因为这些事而恨我，在伦敦我绝对不会做出这种事来。至少，现在还不要恨我。

“斯蒂夫，你有没有想过？我是说，你有没有担心过我们在这里的生活方式？如果你母亲看见你过这种生活怎么办？”

“我妈已经死了。”

“你知道我的意思。”

“俄国，”斯蒂夫说，用他充满血丝的双眼直视着我，面容突然严肃起来，“就像抗疟药物‘美化喹宁’。‘美化喹宁’会让你做狂野的梦，跳出窗外。如果你是那种会感到焦虑或有罪恶感的人，就不应该来俄国，尼克，因为你会崩溃。”

“你跟我说过俄国就像钋元素。”

“是吗？”

斯蒂夫闭上嘴，又开始竖耳聆听，眼睛注视钢管。钢管上是个金发女郎，头戴牛仔帽，身穿皮裤，除此之外一丝不挂。她手拿套索，准备对着一群身穿牛皮比基尼的棕发女郎甩出。斯蒂夫向女服务生招手，手指轻叩空了的酒杯，又点了一杯“摩尔多瓦”梅鹿辄。

11.

二月中旬,塔吉扬娜又去了一趟布托沃镇,我想是跟卡佳一起去的。在那之后不久,我跟她们三人碰面,越过结冻的莫斯科河去科洛缅斯科公园滑雪。你认为我不会滑雪对不对?你是对的。

我们把塔吉扬娜留在庄园入口旁充满泥泞的小咖啡馆内,她挥手叫我们快去玩,替自己点了茶和俄式烤薄饼。玛莎和卡佳带了自己的滑雪板,比我在大学做滑降练习那一周(比赛饮酒、尿尿在农舍水槽里、扭伤脚踝)用的滑雪板长且薄。我在进入大门后不远处的小摊子租了滑雪板和毡靴,那些毡靴看起来像从俄国侵略芬兰时期就一直穿到现在。那时,我住处街上的教堂庭院栏杆内已积满了雪,看起来像你喜欢吃的意大利多层甜点:表面是白色的,下面如奶油般嫩滑,然后是黄色污渍,看起来像漏出的电池液体,再下面一层夹着星星点点的垃圾(破瓶子、干硬的包裹、被丢弃的孤单鞋子等,全都被包裹在刚强的白色岩浆之中),底层有不祥的黑色软泥作为基底。不过科洛缅斯科公园的雪依然洁白,傻乎乎的白。那里的雪地十分坚硬,表面一英寸之下是坚实的冰雪,摔在上面疼痛不已。每次上下坡,我总要摔上一次,有时还把眼镜给摔落,得伸出戴着肥大手套的手在粉末般的雪堆中乱扒乱找。

玛莎和卡佳滑起雪来得心应手，十分自然，就和她们踩着细跟高跟鞋还能自然地走路和跳舞一样。她们一见到我摔跤就大笑，不过会放慢速度，让我跟上。公园里的小树林中有一间小木屋，据说是彼得大帝建造的，还有一个老教堂是纪念俄国对抗波兰打赢神圣的一仗。俄国教堂通常都是纪念某个人或事。教堂大门紧闭，外头搭着脚手架正在整修，但长长的纯净冰柱悬垂在水平脚手架板下，看起来像是由獠牙串成的项链。有个男人驾着挂了铃铛的雪橇，由三匹白马拉行，在树林间载客。玛莎和卡佳穿戴滑雪具、薄薄的防水裤和符合气体力学的夹克，但我没有，只觉得燥热与汗湿。但是当我们来到湖畔山脊之时，这些都已无所谓。那座湖凝结成冰，位于森林中央，森林不见一片绿叶。这景色美得震慑人心。

我们回到咖啡馆后，她们轮流去厕所换上牛仔裤，整理头发，我则坐在塔吉扬娜身旁慢慢融化。

“干得好，尼古拉斯。”我们都坐下来之后，塔吉扬娜说。“你很快就会变成道地的俄国人了。”

“也许吧，他根本不会滑雪，可是他很喜欢蒸气室。”玛莎说，她看着我，一边嘴角泛起微笑，一抹胜利的肉欲微笑。我脸上一红。

塔吉扬娜跟我们讲述她的布托沃镇之行。看来那栋公寓有了不少进展，她说。斯捷潘解释说他们一直忙着在处理线路。最重要的是，塔吉扬娜说，那栋公寓在雪地里看起来好美，美得不得了。雪地里有冬靴踩出来的足迹，回绕在森林和公寓对面的池塘边。

塔吉扬娜继续往下说，在她小时候，全家还没搬去列宁格勒，他们拿树皮做成滑雪板。他们腌大瓶大瓶的蔬菜准备过冬，像是甘蓝菜、甜菜根和番茄，然后在十一月宰杀一头猪，并仰赖这头猪过到雪融。她说，她家很穷，但他们不知道自己很穷。我发现她的上唇有些许金色胡须，之前我并未注意到，我想她可能把胡须颜色漂淡了。

“布托沃镇那套公寓的窗户可以看见一个教堂，你知道那是个什么教堂吗，尼古拉斯？”她说。

我见过她说的那个白墙金顶教堂，但我不知道纪念的是哪个圣人或沙皇。

“那是一个非常特别的教堂，用来纪念被斯大林杀害的人。他们说那个教堂附近曾经有两千人被枪杀，说不定还更多，没有人知道确切数字……我不像我母亲对宗教那么虔诚，我们在列宁格勒失去了所有信仰，但我觉得能在窗外看见这个教堂很棒。”塔吉扬娜说。

我不知道该说什么，玛莎和卡佳也保持静默。咖啡馆窗户内侧凝结的水汽厚重且布有水痕。

最后塔吉扬娜问：“那么，尼古拉斯，你想要小孩吗？”

我不知道为什么，可能跟生命继续在前进，或需要相信生命继续在前进有关，但塔吉扬娜的问题从斯大林教堂转到千人塚再转到这里，似乎转得十分自然。我努力不去看玛莎，但察觉得到她注视着自己那杯茶，并不看我。

“我不知道，塔吉扬娜。我应该会想要小孩。”

这并不是实话。我常看见朋友成为父亲后，神态中总带着耻辱和动物性恐惧。我曾看着婴儿爬动、抓东西、做出果断却迟缓的随机动作，心中一点感觉也没有。别担心，现在不同了，我知道你想要小孩,就这么说定了。

那天下午,我只说出玛莎可能想听的话,也是大多数女人想听的话。如果当时她说她怀孕了,我可能会留下小孩,甚至可能会很欢喜;并不是为了有个宝宝而欢喜,而是因为这表示我跟永远幸福沾上了边。同时我也纳闷,在心底深处,我是否知道我们不可能有快乐结局,事实上,这个当下的她才是我最喜爱的。我想,即使我努力不去看见,但还是能看见我们之间缺少了某样东西,或者说多了某样东西。

"我想要小孩,可能六个,可能七个,但要等我毕业再说。"卡佳说。她是那么单纯,我心想,就像一本翻开的书,一则童话故事。

"还有玛莎,我看得出你会当妈妈。"塔吉扬娜柔情地说。

"对,我想要小孩,但我不想在莫斯科生。"玛莎低声说,语调紧张,并未抬头。

"玛莎,"塔吉扬娜说,一手牵起我的手,另一手牵起玛莎的手,"如果我的人生当中有一件事能够改变,那我希望是这一件。彼得跟我运气不好,当然了,他有事业,我们在一起生活得很开心,可是到最后……"

"这样还不够。"玛莎说,语气认真,抽走自己的手。

塔吉扬娜的眼睛在灰色弧状刘海下,看看我又看看玛莎。我们脚下的地面满是即将消融的湿滑冰雪。

我们点了些伏特加和"穿毛外套的鲱鱼"(被埋在甜菜根泥和蛋黄酱里的腌鲱鱼),又说了些交换公寓的事。

我说我做过房产调查了,过几个星期就能拿到所有证明文件。

“谢谢你,尼古拉斯。非常谢谢你。”塔吉扬娜说。

然后我们谈到钱的事。

我想这是她们头一次详细讨论钱的事。玛莎说,布托沃镇新公寓的价钱比塔吉扬娜的旧公寓来得低,所以斯捷潘会付给塔吉扬娜五万美元。(当时人们在莫斯科以美元为单位来谈论、思考和贿赂,只不过合法金钱往来仍然使用卢布。)

事实上,五万美元并不足以补足价差。塔吉扬娜的市中心公寓十分抢手,不仅喝石油喝到醉的外国人想买,富有的俄国人也想买,好在公司附近金屋藏娇。在莫斯科,一瓶红酒的价值可能就抵得过斯捷潘提供的那套公寓,而人命就更不值钱了。但对塔吉扬娜而言,五万美元听起来就跟两千人被埋在布托沃镇的白雪之下彼此堆叠一样令她吃惊。

起初她说不要,那么多钱她不知道要拿来做什么。接着她承认养老金的确不够用,没有人的养老金是够的。另一方面,她靠着工作还是存了一笔小钱,而且她是列宁格勒围城战生还者,政府给了她特别津贴,她丈夫对旧苏维埃政府的贡献也让这笔津贴又多了一些。还是一句老话,她说,有一天能回圣彼得堡一定很好……

“收下吧。”玛莎说。

“收下吧。”卡佳说。

“塔吉扬娜,我想你应该收下这笔钱。”我说。

她再度扫视我们的脸。“我会收下的,”她说,双手轻拍,“也许我可以去伦敦或纽约!”她对我眨眨眼。

我们都笑了,然后喝酒。

“敬我们!”塔吉扬娜说,将她的伏特加一仰而尽。她嫣然一笑,刹那间,她脸上的细致肌肤绷紧在高耸的俄罗斯颧骨之上,看起来跟一九五六年在克里米亚半岛拍照的那个快乐少女没什么两样。

那年二月,大约在母亲来探望我两周之前,我染上了莫斯科的杀手级感冒。这种感冒将它的症状逐一介绍给我认识,像是音乐家先各自表演独奏,最后才合奏终曲:先是流鼻涕,接着是喉咙痛,然后是头痛,最后通通一起来。玛莎开的处方是蜂蜜加干邑白兰地,暂不口交。我在床上躺了两三天,无精打采地看美国电视剧盒装DVD,听窗外铲雪工人和史前垃圾车发出的噪音,以及楼下偶尔传来格奥尔基的喵喵声。

后来我回到帕维列茨卡娅广场的办公室上班,鞑靼秘书奥尔嘉倚在我的办公桌桌缘,将目前为止替塔吉扬娜的公寓办好的文件一一递给我看。那套公寓的私有化是合法的,其中一份文件可资证明。另一份文件显示目前市长并无计划拆除那栋公寓,第三份文件证明目前那套公寓并无第二人有权居住。塔吉扬娜和丈夫的姓名并列在一份文件上,但她丈夫的姓名已被划掉,并盖上“死亡”两个字。我们拿到了技术证明书,里面有房屋使用面积、平面图、排水系统详图和电力供应图。我心想,就算有了这么多证明文件,你依然不是这套房子的真正拥有者。在俄国,你从不能真正拥有任何东西,沙皇、总统或任何执政者只要心血来潮,随时都可以把房子收走或叫你离开。

“我们还需要什么?”我问。

“现在只需要房产登记部门的过户文件,还有,这位老太太必须去给医生检查,证明她没喝醉也没发疯。”

奥尔嘉解释说,这些文件是必要的,因为有些俄国人卖掉房子之后,过几个月会声称房子过户当时他们喝得烂醉或过于亢奋或精神错乱,根据这种声明,整笔交易可以宣告无效,让他们收回房子。再不然,早已失去联系的外甥会突然现身,主张房产所有权。在俄国法庭上,你只要付钱,什么事都可以证明,但医院证明书让任何人要玩这种把戏都更加困难。

我告诉奥尔嘉说她真是个天使。

“我不是这种天使啦。”她说,语气听起来有些悲伤,似乎不带有调情意味。

“那布托沃镇的那套公寓呢?”

“另一套公寓也有些进展。这栋公寓是合法建筑,在莫斯科市政府的辖区内;老太太的二十三室没有其他人登记居住。房子连接莫斯科市排水系统和电力网络。公寓所有人是莫斯科建筑投资公司。”

我说我以为斯捷潘是房子的主人。

“也许这家莫斯科建筑投资公司是他的公司。”奥尔嘉说。

奥尔嘉把文件像个诱饵似的高举在我头上。“所以说,我们什么时候要去喝鸡尾酒啊?”

我想起来到莫斯科后不久保罗说过的话。他说他有关于在俄国当律师的坏消息要告诉我,不过也有好消息。坏消息是俄国有不计其数的了无意义、晦涩难懂、相互矛盾的法律,好消息是你可以通通不遵守。我确定有办法可以绕过这家莫斯科建筑投资公司。

“就快了。”我说，伸手去拿文件。

这时“马铃薯脸”谢尔盖去泰国避冬回来，逼着我们看他用PowerPoint做的旅游照片集锦。至少我们觉得自己正直、具有企业智慧：我们签署通过哥萨克的第二期贷款款项。根据调查员维亚切斯拉夫的报告，以目前的工程进度，哥萨克很快就可以拿到剩下的贷款款项。哥萨克寄给我们一箱活螃蟹（他说是在新油槽附近海域抓到的）。我从大楼办公室窗户望出去，看见一群身穿连身工作服的铲雪工人在广场一边清理白色屋顶，他们沿着斜面爬行，冒险抵达檐槽。

中央暖气烘烤着我的卧室。我打开窗户让冷风吹进来，窗帘被吹起了怪异的褶边。玛莎在我上方，正用拳头辗压我的胸膛，视线穿过我的头射向墙壁，专注呼吸有如中程跑者。

我跟她已有一个多星期没见面。这段时间我生病，而且我想她可能出了几天远门，因为她的电话被直接转进语音信箱，不过她对此加以否认。我突然想起奥尔嘉对我说过的话，于是我开始担心，想查出真相。

“莫斯科建筑投资公司是什么公司？”

“什么？”

“莫斯科建筑投资公司是什么公司？”

“什么？”她不再弓背摆臀，但喘息不止。“我不知道。”她说。

“玛莎，这家公司是布托沃镇那套公寓的所有人，就是塔吉扬娜要交换的那套。”

“莫斯科建筑投资公司……我想应该是斯捷潘的公司，或是……你们是怎么称呼的？斯捷潘的姐姐的丈夫？”

“姐夫。”

“对，是他姐夫的公司。对，莫斯科建筑投资公司，我想他那家公司就是叫这个名字。”

“最好能确定一下，否则塔吉扬娜可能会有麻烦。”那时的俄国开发公司有很多问题。他们有时把整栋建筑的每一户都卖出去，然后在完工之前人去楼空，逼得买方组织抗议团体，在乌克兰饭店附近的莫斯科白宫政府总部外引火自焚。

玛莎想了想，侧过脸躺到枕头上。她颈部潮红，胸廓上有我的手指留下的红色印痕。

“不会有问题的。”她说，转为侧躺面对着我，伸出双手上下握住我的一只手，直视我的双眼。她的眼睛绿得宛如丛林，肌肤看起来相当年轻，身体却坚韧紧绷，富有肌肉，好像舞者或拳击手。“还有，尼古拉斯，”她说，声调较为冷漠，少了温柔，“我们只请你替塔吉扬娜准备文件好卖掉她那套公寓，布托沃镇那套公寓的文件，斯捷潘会准备，你不用担心，这些文件我们都已经准备好了。你只要跟塔吉扬娜说所有文件都准备妥当就行了。尼古拉斯，你必须这样跟她说。”

我沉默不语。她抚摸我。

“再爬上来吧。”我说。关于这件事的对话到此为止，但我们都知道这代表什么。我已选择相信她，选择站在她那边。

“好。”她说，回到我身上。

玛莎是个特别的人，这我必须告诉你。她很有专注力，懂得自我控制，我相信她可以成为优秀的外科医生。或者，在另一个时代，她可以成为第一名的修女，或是优秀的女演员。她已经是个优秀的女演员。

我再度走上街心花园路前往清水塘，只见许多人在结冰甚厚的塘上溜冰。我抵达时，正好有个男子要离开塔吉扬娜的公寓。男子四十多岁，一脸病容，身穿顶级麂皮外套。我立刻想到银行家。他一只手的小指上戴着一枚纹章戒指，头发似乎刚给索价不菲的设计师剪过，全身上下散发着金钱的气味。他准备离开，卡佳正着对他卖弄风情，面带微笑扭动身体，挺出胸部。男子用俄语跟我说了声“晚上好”，翻起外套领子，随即离去。我觉得他不像是那种会来造访塔吉扬娜的人。

“他是谁?”我问道，脱下靴子。

“我不知道。”卡佳笑说。

脚穿袜子的玛莎立刻踏过拼花地板前来门廊，拉起我们的手说：“快来吃烤薄饼。”

这天是俄国谢肉节，半异教徒的二月节日，跟四旬斋有关，据说也跟冬季结束有关。这日教堂敲钟，大家都吃烤薄饼。我们三人倚在塔吉扬娜的厨房外吃着烤薄饼，搭配酸奶油和红鱼子酱。厨房窗户的窗框用护条封着，避免冷空气渗入。我心想，这应该是西伯利亚人的老习惯，她还改不过来。我们也彼此敬酒。

“这套公寓的文件我差不多都准备好了。”我对塔吉扬娜说。

“很谢谢你。”她说，吻了吻我的双颊。

“尼古拉斯也替你在布托沃镇的新公寓准备了所有文件。”玛莎接口说，这话是对塔吉扬娜说的，但眼睛却瞧着我。

“太棒了。”塔吉扬娜说。

我微微一笑，选择沉默。

12.

“玛莎,我希望你见见我母亲。”

“什么?”

“我母亲下星期会来俄国,我星期四会去圣彼得堡跟她碰面,星期日带她回莫斯科,她会在这里住到星期二。我希望你见见她,玛莎。”

“为什么?”

我也不知道为什么。总有一天,我也希望你跟我母亲见面,这样你才知道你要加入什么样的家庭(我知道你一直不太明白为什么我要替我母亲的小气个性如此费神,但我想每个人看别人的父母都有这种感觉吧)。玛莎的情况不同,她不太过问我家的事,我没想过她和我父母同处一室的情景。我之所以想让她见见我妈,部分原因是想拿她来炫耀,好让我妈知道我的俄国生活就算没有她也跟其他人一样完整。另一部分原因可能是我想让她放心,只要让她看看玛莎,她就知道我有多满足,所以她为人母亲还算成功。又或者,其实我希望玛莎会穿错衣服、说错话、喝错酒,发起火来,羞辱我说我不敢自作主张。也许我暗地里知道某件肮脏的事即将爆发,而我试图用这件事来毒害我妈。我想,在玛莎耳中听起来,我说的是:你看,我没有保留秘密,我是从这样的家庭来的,请进,同时别担心,我已不再是我,我已越了界,看看我已经走了多远。

"只要一小时,玛莎。不管怎么说,求求你。"

"好吧,尼古拉斯,我会见你母亲。"

"谢谢你,玛莎,我欠你一次人情。"

"好。"

我想我母亲其实并不想来。我想她一定是母性焦虑延迟发作,或至少觉得她应该感到焦虑。这可能是俄国开始传出一连串坏消息所引起的:地铁爆炸案、水管神秘爆炸案、前财务部长直升机发生意外。我希望在某个平行宇宙里,成熟的尼克与母亲罗丝玛丽开诚布公地讨论,说他们以自己的方式爱着彼此,但双方都认为时间实在太长了。一共是五天,合计一百二十个小时,可以谈的事太少,而如果他们敢提或敢掀开某些话题,可以谈的事又似乎太多。然而他们并未讨论此事。到了三月初,她来了,我的母亲来探望我了。

我去圣彼得堡的机场接她。你会不会觉得,出关的那个片刻是美好的,小小的恩典,看见一群开心的陌生人在天上飞行一段时间后平安降落,走出入境出口拥抱亲友,有时还会感动落泪,然后勾着手臂回到你毫无所悉的生活中。这些景象似乎令人嫉妒同时令人心痛。终于,我的母亲和其他英国观光客一起走了出来,我们尴尬地互碰脸颊,像参加高峰会的政客,然后我叫了一辆出租车载我们去市区。路上我跟司机聊天,他说他是退休的陆军上校,还说他有很多很不错的仿制军装,问我有没有兴趣。

我订了一家酒店,但是订错了,订成涅瓦大街另一头有如一座小城的苏维埃酒店。里头有一千个房间、一个保龄球馆和赌场,每层楼都有空荡无人的咖啡厅,地下室有妓院。抵达时,酒店妓女正围在门厅咖啡桌旁聊天。柜台人员要求我预付两晚房钱;就客房状态来看,这是个明智的预防措施(电线在天花板上盘绕,浴室没有洗脸盆,褐色地毯十分潮湿,让人不禁怀疑那湿湿的是什么)。我妈说她累了,于是我们便在饭店里用餐。她要我询问菜单上的鲑鱼是否新鲜:女服务生回答说那条鱼“只被冷冻过一次”。餐厅中央坐着一小群黑手党重刑犯和一群摇摇晃晃的女人,黑手党男子不停把女人推出椅子,叫她们在桌子之间跟彼此跳舞,还胁迫服务生把音乐开大声点。

我们上床就寝后,不断有人打电话来问我是否无聊,需不需要介绍漂亮小姐给我。凌晨三点左右,我拿起话筒摆在一旁,然后睡到圣彼得堡的乳白色黎明接近尾声之时。起床后,北极光让你觉得自己似乎在梦游,或让你觉得自己虽然醒了但其实仍在做梦。

我们花一天半的时间在爱尔米塔什博物馆欣赏荷兰画家伦勃郎的画作,并在冻结的运河旁快步行走(我没想到天气居然可以这么冷,我妈则说天气冷得很低能),还探头到看起来不怀好意的圣彼得堡黄色庭院里东看西看,只见里头有发抖的猫儿和一堆堆结冰的垃圾。我们也毕恭毕敬地去参观教堂,却发现这些教堂周围全是乞丐。乞丐中有酒鬼、跛脚士兵、假扮成士兵的酒鬼、未跛脚的正牌少年士兵,我心想这些孩子兵来街上讨钱可能是为了回去让长官买酒喝。我们看了很多圣像,闻了不少熏香,脑子里满是绑着头巾的忧愁女人和朦胧的旧日歧视,外加古老的、让人上瘾的亢奋感。俄国教堂似乎想在灵魂的裂缝中塞入一种概念:生活在这严苛的地方是美丽的。

我跟母亲讲述我的工作,谈起保罗和一点点哥萨克的事,当我试着解释人民石油公司和融资项目时,她的注意力飘走了。她说她担心我父亲,不是担心他的健康,或者说不只是担心他的健康。她说起我父亲和她自己的童年。她说,战后你爷爷从海军退役回到家里,但他的心却总在别处,她认为这可能是我爸跟我们三个小孩如此疏离的原因。她没再多说,我也没追问。那个周末,我们的相处模式总像这样:我们打开了一个话题,这个话题可能通向信任或亲密,但我们总会及时绕开。她叨叨絮絮地述说五十年代她跟父母去威尔士度了一个非常寒冷的假期,以及她父亲是如何逼全家在一场雹暴中野餐。她父亲是铁路职工,我从来没见过他。她叙述这段往事时,天空正飘着雪,她那副宛如猫头鹰的眼镜不断起雾,脚下穿了一双不体面的靴子。

河川下游的冬宫在初落夕阳照耀下恍如粉红色的幻景,彼得大帝青铜骑士雕像仿佛长了头皮屑。我在一个小摊前停下脚步,替塔吉扬娜买了一个感伤的雪花玻璃球,里面是迷你的圣以撒大教堂。说来好笑:我想念她。

"这是要送给一个女性朋友的礼物。"

"原来如此。"我妈说。我们滑溜溜地走在结冰的人行道上,旁边是凝止的运河。母亲斜睨着我,我看得出母亲试图想象这个女性朋友长什么样子,这是我们之间的成人时刻。但她想象不来,不禁慌张失措，别过头去。

“你误会了，这个朋友叫塔吉扬娜，她以前住在圣彼得堡。”

“喔。”

“她是玛莎的阿姨。”

“玛莎……圣诞节那天打电话给你的是不是她？”

“对。”

“原来如此。很好。”

我们朝涅瓦大街的方向往回走，气温大约零下十度。我总觉得三月的俄国冬季更为严苛，因为你可以看见冬季即将结束，也渴望冬季赶紧结束，但就像士兵得知战争即将结束后反而会变得更加害怕。

“你认识她的家人，这样很好，尼古拉斯。”我想她是在询问我跟玛莎是不是认真的。

“我目前只认识她妹妹，应该说是表妹，还有她阿姨。她阿姨住在莫斯科，离我住的地方很近，那天她还做烤薄饼给我们吃。”

“真是不错，烤薄饼。”

也许母亲嫉妒塔吉扬娜，我想她有理由嫉妒。过去几个月我跟塔吉扬娜相处的时间，比过去几年来我跟母亲相处的时间还要多，这表示她们之中只有一个人知道我变成了什么样的人。幸好我没介绍她们认识。

我们搭火车回家，班车下午发车，车程五小时。圣彼得堡火车站外站着一个身穿雨衣的老妇人，怀里抱了一只看起来冻得失去知觉的小狗。火车站对面的建筑物屋顶上写着“列宁格勒，英雄之城”几个大字。我们坐在火车上沉默地望着窗外的冰冻池塘和树木，只见有些树木屹立不摇，有些树木最近才倒落在寒冷的砾石上。车厢里弥漫着达吉斯坦干邑的气味，间或响起各种各样的手机铃声。一名女服务生推着手推车进车厢，我请她给我一瓶啤酒和一瓶气泡水，她说：“你不是在开玩笑吧。”她望着我的双眼，直到我换成干邑。到了莫斯科火车站，只见失落帝国那有如岩屑般数不清的人民似乎都聚在大厅的列宁雕像周围。

我们拦了一辆出租车载我们回家。“很舒适。”母亲说，站在门口探头往内瞧，仿佛紧张得不敢再向前跨上一步，以免发现我的客厅设有鸦片窝或SM地窖。你知道母亲来探望都是那个样子：努力让自己显得放松，没在看她的时候，她就做出评断并把东西重新摆设，悄悄让我的住处看起来比较像个家，仿佛我永远都逃脱不了家庭的束缚。一小时后，我们去莱蒙托夫餐厅跟玛莎碰面。莱蒙托夫餐厅价格昂贵，布置得像沙俄时代的贵族宫殿。餐厅位于街心花园路，就在我那条街与普希金广场之间的路上。

回首当时，我想玛莎那天晚上觉得丢脸。我想她有理由感到丢脸的。不知为何，我母亲对她而言太沉重了，这跟我们说好的不一样。她表现得不算没礼貌，只是有点害羞，说话简短，我从没见过她这个样子。她身穿黑色毛衣，黑色牛仔裤，裤管塞进靴子，只化淡妆，像是吃饱后要去抢银行，或去剧场更换布景。她那身打扮似乎在说，我其实不在这里。

“尼古拉斯说你在一家店里工作。”母亲问，一边喝着专为观光客准备的罗宋汤。

“对，我工作的那家店卖手机和资费方案。”

“听起来很有趣。”

停顿，啜食。角落那桌传来高贵情妇的咯咯笑声。

“尼古拉斯说你是老师。”玛莎终于挤出一句话。

“对，我是小学老师，可是我退休了。我丈夫也是老师。”

放眼望去周围尽是饺子和馅饼（俄式蘑菇肉馅小派饼）和永远喝不够的伏特加。

“我们明天要去克里姆林宫。”我说。

“嗯，克里姆林宫和红场都很漂亮。”玛莎。

“嗯，我好兴奋。”母亲说。

甜点不用了，谢谢。

“尼古拉斯说你不是莫斯科人。”

“对，我是从摩尔曼斯克来的，离莫斯科很远。”

“还好你的家人住在这里。”

“我的家人？”

“塔吉扬娜。”我说。

“对对，我们有个阿姨。很幸运。”玛莎说。

玛莎别过头看向窗外，然后望向仿十八世纪的吊灯。

“希望有一天能在英国见到你。”母亲说，我想她觉得自己得说这句话，但她也可能是在对我说。

玛莎微微一笑。整顿晚餐都吃得很痛苦，接着会面画上句号。

第二天我带母亲去克里姆林宫，参观宛如水果蛋糕的教堂、永远不响的大裂钟与过于巨大而无法发射的大炮，入口处的两名士兵还想跟我们收"特别"入场费。之后，我们离开红场前往跳蚤市场，带母亲选购纪念品。跳蚤市场十分混乱，里面贩卖人像、抹香鲸牙、太空人头罩、斯大林镇纸、防毒面罩、俄式茶壶、乌兹别克棉织品、纳粹手榴弹、绘有小甜甜布兰妮和本·拉登的俄国娃娃、地毯，以及被虐待的跳舞熊，另外还有向观光客高唱俄国名曲《卡林卡·马林卡》全身冻僵的可怜胖妇人。母亲替父亲买了一顶毛皮帽，替自己买了一个上面绘有俄国森林的小珠宝盒。我周一请假带母亲去新处女公墓，公墓里有许多华丽俗气的坟墓，里面葬着前苏联领导者赫鲁晓夫和其他大人物。晚冬阳光在银色苍穹中跃动，无畏的俄国孩童坐上将就做成的雪橇，从隔壁修女院墙边滑下斜坡，溜到下方的冻结池塘旁。回家路上我们顺道去参观马雅可夫斯基地铁站，欣赏光亮天花板上的马赛克镶图，上头有齐柏林飞艇、伞兵和战斗机，周围零零星星点缀着锤子与镰刀的共产主义标志，尚未有人把那些标志除去。

入夜之后，我们前往大尼基塔街的莫斯科音乐学院主演奏厅聆听古典音乐会，只见墙上贴着一排作曲家的拙劣肖像。入场时有个意外插曲，我们的位子坐了两个老妇人，我只好麻烦凶猛的接待员请她们移开尊臀。我不记得当天演奏了什么曲子，但我记得中场休息之后，我朝母亲的大腿瞥了一眼，但见她双手交握，拇指互相捻弄。

突然间,我仿佛见到那个在威尔士寒冬假期的母亲,那个在我出生前的母亲,我登时发觉我对她了解甚少。

我们步行回家,踏上大尼基塔街,朝满口谎言的俄国新闻社大楼的方向走去,只见大楼窗户大如水族箱,然后我们走上街心花园路。那条街有一半的人行道都被塑料带围了起来,仿佛犯罪现场,塑料带缠绕在金属棒上,保护行人不被悬垂在檐槽上的夺命冰柱给砸中。埋藏那辆橘色日古利的小雪丘有如倒塌的圆顶小屋或坟冢,表面有许多小凹洞,里面是垃圾和尖状物,还有半被淹没的瓶子和挣扎的树枝。

奥列格站在楼梯平台上,手里拿着一个闻起来像猫沙的袋子。他脸上挂着惨败的微笑,犹似坐上死囚押送车的贵族。到了这时,我通常会试着避开他,这样就不用跟他谈到他那个失踪的朋友,或在他眼中看见失望。通常我会搭电梯,以免看见他像游魂般站在那里。我相信他一定注意到我想避开他。

"奥列格,这是我母亲罗丝玛丽。"

"很高兴见到你。"奥列格用俄语说。他执起母亲的手,似乎就要亲吻,但想想最好还是不要,然后用初级英语说:"你喜欢我们俄国吗?"

"很喜欢,"母亲高声说,就像有些英国人跟外国人说话总会拉高嗓门,好像对方耳背似的,"这是个很美丽的国家。"

我们站在那里,被无法控制的中央暖气搞得几乎窒息,彼此心怀善意,却无言以对。我注意到奥列格的眼睛布满血丝,仿佛刚刚哭过。

"还是没有康斯坦丁的消息?"

"完全没有。"奥列格说。

"格奥尔基好吗?"

"格奥尔基到了三月总是不开心。"

"那你好吗,奥列格?"

"在希望国度里,永远不会有冬天。"

我跟他道晚安,母亲也道晚安,我们转身步上楼梯。奥列格丢下手上那包猫沙,抓住母亲的外套袖口。

"普莱特太太,"他说英语,用的是滑稽的舞台式低语,"好好照顾你儿子。好好照顾他。"

回到我的住处,母亲随即消失在浴室里。我坐在厨房,听着水龙头流水声、马桶冲水声、刷牙声,以及退休六十岁老太太敷衍了事的沐浴声。

我把床让给母亲,在空房内铺了一张床垫自己睡。我听见她走进我房间后又走出来,轻声走进厨房。她穿一件及踝旧睡袍,原本可能是紫色或淡紫色,但被洗刷成疲惫的灰色。她打开冰箱拿水喝,正要回房却停下脚步,转而来找我。

"尼古拉斯,你邻居说的那句话是什么意思?"

"妈,我不知道。他失去了一个朋友,心情不好,我想他酗酒。"这句话连我自己都不相信。我所认识的奥列格并不酗酒,每次我见到的他都是清醒的。

母亲站着不发一语，但她尝试着要跟我沟通，非常认真，我看得出来。

“你确定这个女孩没问题吗，尼古拉斯？这个玛莎？”

“为什么这样问？”

“因为她看起来有点……冷淡，也许太冷淡了些，尼克。”

“对，我想是的。”

“你快乐吗，尼古拉斯？”

这是二十年来母亲问过我最重大的问题。我想了想，给了一个真心的回答。

“对，我很快乐。”

我欠玛莎一个人情，她来要回这个人情。

接近三月中旬的时候，我那件肥大的米其林宝宝夹克的右手袖口结了一个厚厚的硬块，宛如干了的精液，因为几个月来我在街上举步维艰，经常拿袖口来擦鼻涕。自从玛莎跟我母亲共进晚餐之后，我有一星期左右没见到她。我想她可能又离开莫斯科了，但她再次否认。我没见到卡佳的时间更久。我们三人在特维尔大街附近的餐厅碰面，就在市长办公室外那条加温人行道对面。气温依然维持在零度以下，但玛莎换上了她那件秋季猫毛外套。卡佳迟到。

“你喜欢我母亲吗？”我问玛莎。

“我觉得她有趣，她很……英文要怎么说……畏惧。她是个畏惧的人，也许跟你一样。”

她的头发往后梳，紧紧贴在头皮上，眼珠映着天花板聚光灯的亮光。她直视着我，我移开视线。一名女服务生来到桌边，我们点了伏特加和炸肉片。

“你母亲怎么样，玛莎？”

“还不错，但是很疲惫。她老了。”

“我想见见她。”

“也许有一天吧。”

“你的工作怎么样？”

“我假装工作，他们假装付我工钱。”

卡佳走进餐厅。我认识卡佳已有六个月，她也长大了六个月，对她这个年纪的年轻女子来说，六个月是很长一段时间。她的嘴唇和臀部变得更丰满，可能性一一展现。这六个月对我们三人而言都很长，或者应该说既长又短，一如俄国冬天似乎永远不会结束，会一直延续下去，直到暖意降临的那一刻才让人觉得寒冬似乎不曾来过。

卡佳脱下外套，坐了下来。瞥眼之间，我在她衬衫下的髋骨部位看见新刺上的“干我”刺青。

“学校怎么样？”我问她。

“很好，很棒，我是班上第二名。很快就要考试了。”

当晚卡佳忿忿地叨叨述说她搭电车时有两个男人上车，假装是查票员，强行跟每位乘客收取十卢布。几乎所有乘客都没有票，所以大家都付了钱，尽管每个人都知道那两个男人是骗子。

“真恶劣。”玛莎说。

“真恶劣。”我说，仿佛这是我们所能想象到的最恶劣的事。

那天晚上她们有两件事跟我说，现在我明白她们说的第一件事是软化剂：她们五月底或六月初打算去敖德萨市度一个长周末，问我要不要一起去。

“你还记得吗？就是照片里的那个地方。”卡佳说。

她是指初冬之时，我们一同吃饭的第一个夜晚，她们在阿塞拜疆水上餐厅拿给我看的照片。我还记得吗？“记得，我记得。”我说。

她们说，一个远房舅舅在海滩附近有房子可以让我们住，我们可以游泳、去夜店玩。卡佳说，这趟旅行会很“高级”。玛莎说，这趟旅行会很完美。我说，我很高兴能跟她们一起去敖德萨。

她们要说的另一件事是钱。

“斯捷潘有点周转困难，付给塔吉扬娜的那笔钱可能会有问题，”玛莎解释说，“因为他的生意出了点状况。他说那栋房子卖得不好。他必须付钱给塔吉克工人。他也可以付钱给警察，逮捕所有的塔吉克工人，这样比较便宜，但这样就得去找新的工人。他能付两万五千美元给塔吉扬娜，但另外两万五会有问题。当然塔吉扬娜并不要求这笔钱，所以斯捷潘可以简单地说她只能拿到一半，也就是两万五。这样很简单，可是我们认为他借钱来付给塔吉扬娜会比较好。”

“斯捷潘为什么不等房子都交换好了以后，再付钱给她？”

“这样也是可以。但老实说，我想等他们房子交换好了，斯捷潘可能会觉得这笔钱自己留下来比较好，何必付给一个老太太？但如果他欠钱的对象是某个重要人物，那他就会还，比如说欠钱给一个外国人、一个律师。”玛莎说。

我花了一点时间才把事情搞清楚，然后说：“什么时候？他们什么时候需要这笔钱？”

“他们必须替出售日那天订下协议，我想可能在两三个月后，大概我们从敖德萨回来后不久。”

我在伦敦从来没买过房子。我和前女友同住过一段时间的房子是租来的（有一次我们去参加你前公司女同事举办的晚宴，我记不得她的名字了，路上我指给你看过那个房子）。那时房价上扬，我踌躇着不知道该不该买，后来决定等房价下滑之后再买。我有很多闲钱躺在银行里，等着我长大之后决定该如何使用。我的收入颇丰，比我父母赚的还多，也许以俄国新标准来说不算多，但足以让我把两万五千美元借出去几个月。我曾借钱给俄国人一两次，是借给一个在上班的秘书。她是我在派对上认识的西伯利亚女子，想买一台脚踏车。最后我也都把钱拿了回来。我认为我可以站在她们这边。我告诉自己，只要是玛莎和卡佳，不论发生什么事，我都跟她们站在同一边。同时我也很高兴能出这笔钱，甚至觉得宽心，因为这让我觉得自己有用处。更重要的是，我一直都知道自己得付出代价，结果发现要付出的代价只不过是钱而已，至少对我来说是如此。至于对她们而言，我想她们跟我要这笔钱只是因为她们可以，仿佛出于一种道义责任。

玛莎说她们需要这两万五千美元是为了塔吉扬娜，但也是因为她跟我母亲吃了一顿饭，而且我们还要去敖德萨的海边度周末，说不定会住在玛莎对着镜子几乎全裸自拍的房间里。现在只要闭上眼睛，我仍然可以看见那张照片，有如流亡的信徒依然看得见崇拜的偶像。

“好，跟斯捷潘说我准备借他这笔钱。跟他说我坚持要借给他。”我说。

“好。”玛莎说。

“好。”卡佳说，然后倒酒。

“敬我们！”玛莎说。我们举杯互碰。伏特加滑入玛莎口中，湿润了她的嘴唇。我的喉头如火般燃烧，我的肌肤因忧心而发冷，疑虑所产生的惊惧也随之而来。

“我不怕。”我说。

° ° ° ° ° °

那晚我回到住处，发现公寓里的墙壁上有一抹血迹，大约位于及腰之处，沿着楼梯向上延伸。来到二楼，我发现血迹是从二楼一扇门前往下流溢，仿佛曾有个人倚在墙边，血流如注，最后倒卧在此处。下方有一小摊血，旁边是一双黑鞋，整齐地平行摆放在一起，鞋带是系着的。

第二天早上我下楼，墙上血迹已被洗去，但那双鞋仍在原地。后来有人跟我说，那是顶楼一个酒鬼跌倒流的血。没什么好担心，他们这么告诉我。

13.

三月底，褐色的莫斯科冰雪开始融化，接着气温又下降了一两天，雪又开始结冻，形成令人作呕的“淤泥雪”，让你觉得里面似乎会伸出一只毛茸茸的史前手臂，把你给拖下去。原本堆积在公寓住处那一边的人行道和路边石上方的雪堆也逐渐消失，一英寸一英寸地缩小版图。埋藏那辆失落的日古利的雪堆中浮现一个肮脏的车头灯，有如沾满污泥、布满血丝的眼睛在眨眼。

那时是三月底，也可能是四月初。我们在塔吉扬娜家碰面，好让她在我准备的初步合约上签名：她将用清水塘畔的公寓交换布托沃镇的公寓，外加得到五万美元，时间订于六月初的某一天。我踏过午后的融雪，走街心花园路去塔吉扬娜家。我还记得普希金广场地下道里有个老人在弹奏手风琴，腿上躺着一只昏沉的小猫，但我匆匆赶路，没丢钱给他。

那天我早到。也许我是刻意早到，不知为何，我想比卡佳和玛莎先到。自上次在公证人办公室跟塔吉扬娜单独相处之后，这是我第二次跟她独处。上次我们之所以会单独相处是因为卡佳另有要事，先行离去。那天下午，在玛莎和卡佳抵达之前，我发现塔吉扬娜根本不是她们的阿姨，在英语中不是阿姨，在俄语中不是阿姨，在任何语言中都不是阿姨。这是我的最后一次机会。

我脱下鞋子。塔吉扬娜已开始打包，走廊的拼花地板上堆满纸箱，尚未封起，里头塞满纸张和琐细杂物（烛台的分枝从里头伸出来，仿佛棺材里的尸首伸出一只手臂），还有一两个大花袋子，在机场经常可以看见移民吃力地背着这种袋子。但客厅的东西似乎都还没动。她那张展现柔软身段的斯大林时代照片和亡夫的照片、发霉的百科全书和中世纪电话都仍在原处，像住在博物馆的"他们的旧日生活回顾展"之中。我送她的那盒英国巴士茶也还摆在架上，清水塘对面的奇幻动物透过午后浓雾看着我。塔吉扬娜端出茶和果酱。

我把在圣彼得堡买的老掉牙雪花玻璃球拿给她。她笑得像婴儿，然后亲吻我，把玻璃球放在桌上，就放在电话和亡夫照片之间。

她问我喜不喜欢圣彼得堡。事实上，我觉得圣彼得堡让人压力沉重，隐约令人毛骨悚然，但我说了善意的谎言。我说我喜欢，圣彼得堡非常漂亮，是世界上最漂亮的城市。我记不得究竟是我问起的，还是她自己提起的，我们的对话很自然地从我的圣彼得堡之旅接到她的过往，谈起列宁格勒围城战。

她说她记忆中的列宁格勒总是寒冷且飘雪，目光望向我的礼物，嘴角泛起微笑。尽管她知道自己也曾在列宁格勒度过夏天，感受过夏天的光和热。当然了，她说，圣以撒大教堂当时不是大教堂，共产党把它改作无神论博物馆，又或者是游泳池，她记不得是哪一个了，她一定是头脑不清楚了。

"所有的一切都被颠倒过来。起初收音机说我们是英雄，列宁格勒是英雄之城，于是我们都觉得自己是英雄。但后来人们变成了动物，你明白吗？而其他动物都是食物。我们有只狗，只是只小狗，我们得把它藏起来不让别人发现。但它还是死了。最后我们自己把它给吃了，最好趁它还胖胖的时候吃掉它。”

她哈哈大笑，发出短促、剧烈的俄式大笑。

“最有钱的人是书本最多的人，他们焚烧书本，你明白吗？”

“明白。”我说，但我当然不明白。

“书本是用来烧的，狗是拿来吃的，马是拿来吃的，甚至有时马还活着就被生吞活剥，只要马匹在街上扑倒，就有人拿起刀子赶紧跑上前去。至于靴子和鞋子则是用来熬汤的。”

她顿了顿，仿佛吞了口唾沫，脸上总试图保持微笑。

“那时我在地下室……我记得战争结束后，在儿童营里，他们给我冰淇淋。他们说我很幸运。”

“你真的想回圣彼得堡看看吗？”

“也许吧，”她闭上眼睛大约五秒，然后张眼说，“不想。”

我问她玛莎和卡佳的家人在围城战之时，是否跟她一起在列宁格勒。

“我不知道，列宁格勒有很多人。当然一开始的时候人比较多。”

“你们有没有住在一起？”

“什么？”

“我以为你们住在一起。”

“为什么我会跟他们住在一起？”

“因为你们是一家人啊。”

“一家人？不是，他们跟我不是一家人。”

是的，我很诧异，但也许并不是那么诧异。然而在那个片刻，我选择隐藏这份诧异。我选择拒绝这最后的良机。

“抱歉，塔吉扬娜。我误会了，我以为你是她们的阿姨。”

“她们的阿姨？不是，”塔吉扬娜摇头说，依然保持微笑，“现在我没有家人，一个也没有。”她望向别处，在椅子上轻轻摇摆。

“那你是怎么认识她们的？”我问道，尽量保持冷静。我不想惊动她，但我想知道真相。“你是怎么认识卡佳和玛莎的？”

“这事说来就怪了，”她说，移动臀部在沙发上的位置，仿佛要讲一个引人入胜的长篇故事，“我是在地铁站认识她们的。”

° ° ° ° ° °

我保证会再回来叙述塔吉扬娜的事，但我想快转几个小时，先告诉你当天晚些时候发生的事。我想这样可以帮助你了解我为什么会如此反应；如果你想了解的话。这样对我有所帮助。回首前尘往事，我觉得这两次的会面似乎属于同一个事件，有如小小的天启在午后和晚间蔓延开来。

我们离开塔吉扬娜家之后，我跟保罗一起去找调查员维亚切斯拉夫和哥萨克。那天是周日，但我们迫切地需要跟他们会面。银行团第二天就要释出最后一期、也是最大一笔贷款，去零头两亿五千万美元。哥萨克邀请我们前往他位于堤岸旁的办公大楼，就在旧英国领事馆附近，从克里姆林宫的肉色围墙外过河就到了。后来我们发现那不是他的办公室。我怀疑哥萨克那时根本连一间办公室也没有,他有的只是悍马车、厚颜无耻以及靠山。

我们搭乘镜壁电梯来到三或四楼,走进一个房间,里面有一张气势宏伟的会议桌,窗外可俯瞰莫斯科河。那时是傍晚,天气阴沉,但可以看见下方河流中的冰层受到河水冲刷而鼓起破裂,一块块大冰块互相摩擦推挤,宛如一条大蛇正在蜕皮。堤岸另一边的黄色和灰色建筑消失在污浊的天空中,从高楼层窗户透出的灯光在黑暗中闪烁,恍如低空飞行的不明飞行器。

房间里摆有伏特加(外加一些装饰用的黑面包和腌黄瓜)。

"要不要喝点酒?"哥萨克说,往餐具柜走去。

"一杯就好。"保罗说。

"好。"我说。

"不用,谢谢。"维亚切斯拉夫说。

保罗曾和维亚切斯拉夫合作过,因此见过他,但初冬我们雇用他当油槽调查员时,我还不曾见过这个人。他身材矮小,皮肤苍白,头发浓密,戴一副厚重的苏维埃眼镜,眼神忧虑。如果一定要说的话,可以说他就像是我的压缩版。他的西装散发着烟味和前苏联总书记勃列日涅夫的调调。我记得他的两耳都塞着棉花,有些迷信的俄国人认为只要耳朵塞棉花,出门就不会着凉。

从酒瓶的外形来看,那瓶伏特加很像卡拉什尼科夫步枪。哥萨克从瓶底执起酒瓶,在四个大大的一口杯中斟了酒。他将酒杯递给我,我看见他戴的袖扣是迷你美钞设计。

"喝一点吧。"他对维亚切斯拉夫说,这句话是直述句而非问句,仿佛他给维亚切斯拉夫的酒杯是他不要的。

“敬我们!”哥萨克说,将酒一仰而尽,再用西装袖口擦了擦嘴。他那身西装黑得像要去参加丧礼。保罗和我举杯互碰而饮。那顶级伏特加温醇顺口,入口毫无灼热感,几乎无味。

维亚切斯拉夫啜饮一口酒,嘴角挂着稀薄的微笑。

“喝下去。”哥萨克说,脸上毫无笑容。

维亚切斯拉夫深深吸了口气,有如潜水员即将下水,然后将酒喝尽。之后他不住喘息,鼹鼠般的眼睛眨了几下,眼镜后泛起泪光。

哥萨克大笑,在维亚切斯拉夫背后拍了一掌。他们两人身高相当,但哥萨克的体格如同练过举重的重刑犯,维亚切斯拉夫则垂肩凸腹,身材比例怪异,又肥胖又瘦弱。维亚切斯拉夫挨了一掌,不由得向前冲了一步,又赶紧稳住身体,试图重新挤出微笑。

“干得好,我们坐下吧。”哥萨克说。

我们此行是为了检定所需文件,好让银行团开出最后一张支票或按下汇款按钮。我们双方都持有北极区首长写的保证信函副本,也收到人民石油会输出大量石油的承诺。银行团办了政治风险保险,还持有我们拟定的合约(合约厚得像一本书,令人放心),但我们还需要维亚切斯拉夫最新的进度报告。

我记下笔记。除我之外每个人都抽烟,维亚切斯拉夫每一口烟都吸得很急,却不见他放松下来。他说超级油槽已改装完毕,拖船准备将超级油槽拖到装卸位置,用来固定超级油槽的十二个锚已沉入海底,海床处理完毕。报告投射在墙壁荧幕上,他站起来向我们说明。投影报告中包括缩尺图和无情的尖状设备钻入泥中的照片。一段油管半埋在冰雪中，像被弃置而无人闻问的尸体；还有一张模糊的照片，据维亚切斯拉夫说是北冰洋海底。投影一度迟迟无法切换到下一个画面，我看见维亚切斯拉夫的颈部和鼻子泌出汗水，他往电脑打了一拳，让电脑继续运作。

总结时，他说他有信心这些设备都会安装到位，超级油槽很快便能可靠地运作，出口石油。说完后他垂首望着桌面，猛力吸烟，仿佛他的一条命就悬在那根烟上。

哥萨克说："真是好消息！"

保罗和我进行商谈。的确，那天晚上我心不在焉，但这场会议充其量也不过在做做形式，即使这时我们想叫银行团收手也已然太迟。再说我们也无意叫银行团收手：维亚切斯拉夫的报告似乎相当周密，人民石油公司也还镇守原地。我们没有商谈太久，保罗认为银行团应该释出贷款，我也同意。我们把这个决定告诉哥萨克。

"好。"他说，拨了拨刘海。

但我记得这晚的主要原因，也就是这晚之所以跟我和塔吉扬娜的谈话融为一体的原因，以及我想先讲述这晚的原因，并不是会议本身，也不是因为我看见哥萨克漫不经心地对维亚切斯拉夫使出老练的折磨手段，而是因为接下来发生的事。那是唯一一次我看见保罗真的动怒（甚至后来发生的事也没令他真正动怒），也是唯一一次我们起了争执。他这个男人的人生目的向来是把争执化为协议，寻找可接受的语言形式，掩饰令人不悦的真相。

会议圆满结束，夜幕倏然降临，灯火辉煌的克里姆林宫在河对岸放出光芒。哥萨克邀请我们共进晚餐，庆祝一番。"晚餐之后呢，谁知道?”他的双眼闪烁着强暴、掠夺和洗钱的计谋。

维亚切斯拉夫借故先行离去。保罗、哥萨克和我走到街上,前去搭乘哥萨克的黑窗悍马车。保罗翻起意大利外套的领子。哥萨克戴了一顶毛皮帽,由某种濒绝动物的毛皮制成,俄国男人戴着时会露耳展现男子气概。悍马车内有一台等离子电视、一台冰箱和一个脸上有条紫色疤痕的司机。司机按下车窗,冷冽的晚冬空气立刻灌入,并从前座乘客椅下方拿出蓝色警用警示灯,啪的一声放上车顶,然后按下按钮。悍马车车顶闪起蓝色亮光,沿着莫斯科河在暮色中向前行驶,经过一家周日早午餐要价两百美元的饭店,朝滨河街公寓的方向前去。滨河街公寓是一栋命运多舛的公寓大楼,三十年代斯大林的忠实追随者就住在这里,后来他们不再拥护斯大林,大楼楼顶也架起奔驰汽车的巨大旋转标志。来到克鲁波特金街,只见一座教堂墙外站着一排老妇人,她们在黄色街灯下哼唱圣歌,排队等候入内参观被送返俄国的圣物,可能是一撮神圣的头发,也可能是一块神圣的膝盖骨。在这个充满霓虹、肉欲和狂热罪行的城市中,她们看起来极不真实,恍如拍片现场的临时演员。车子被挡在红绿灯前,哥萨克出言咒骂,朝驾驶座后面踢了一脚。

车子开到奥斯多冉卡街,停在一家炫富精英爱去的色情餐厅兼夜店门口,我想那家夜店名叫“苦艾”。悍马车的蓝色警示灯被按熄。“苦艾”门口站着一排希望成为寡头精英的人,他们在人行道的泥雪中发抖,希望此地的“面孔管制”主宰者能大发慈悲。人群见到哥萨克便向两侧分开,有如他的悍马车用闪烁的警示灯开道时那样。他提着一个真皮男用手提包,大小正好可以容纳一把半自动步枪,这种手提包在当时的莫斯科权贵阶层风靡一时,是一种过度做作的配件,散发出威胁的意味,像在对人下战帖,看你敢不敢来偷。他从手提包里拿出一样东西让保镖看了一眼,便走入应许之地。我们跟在他后面大摇大摆走了进去,将外套交给美丽的寄物处小姐。

“那是什么?”坐下后我问哥萨克。

“什么?”哥萨克说,懒洋洋地伸出手指,以命令的手势召唤一名服务生。夜店里的空气十分浓重,充满烟雾、俄国电音和奢华女人的香气。

“你刚刚给保镖看的是什么?”

他打开手提包,拿出一张卡片,卡片的一面是双头老鹰图案,另一面是附有照片的身份证明,上头写说他替克里姆林宫经济事务秘书处工作。那张违禁卡片在他指间旋转着。“违禁只代表一件事,”他说,“昂贵。”

我们点了鸡尾酒。鸡尾酒端来之后,哥萨克站起来祝酒,祝酒词一个接一个:“敬我们的友谊……敬我们的公司……愿你们的家族繁荣昌盛……愿我们国家永远和平……希望你们来北方看望我们。”俄式祝酒是一场不同人生的液态幻梦。

“我想问你一件事。”

“尽管问。”哥萨克说,张开双臂,露出天真的眼神。

“你有没有听过莫斯科建筑投资公司?”我感到好奇。

“莫斯科建筑投资公司? 莫斯科建筑投资公司……没有,我想没有。说不定,对,说不定听过。为什么这样问?”

“我有个朋友要跟这家公司买一套公寓,我想知道这家公司可不可靠。”

“我明白了，我会去问问看，好吗？我去问问我在地产业的朋友再告诉你。可能下礼拜会知道，好吗？”

“谢谢你。”

“好了，有件事我想问你，我的朋友，关于那些女孩的事。”他伸出食指对着我摆动。

“哪些女孩？”保罗说。

“你上过一个了？还是两个都上过了？说不定两个一起上？”哥萨克说。

“她们是姐妹。”我说。

“那不是更有意思。”哥萨克说。我想俄国情报员都受过这种训练：受训查出关于你的事，在鸡蛋里挑骨头，然后拿来对付你，好让你纳闷他们究竟是怎么知道的，他们还知道其他什么事，他们可能告诉什么人，然后你便开始忧心忡忡。

“这两个女孩乖不乖，尼古拉斯？”

“我想她们很乖。”

“小心喔，在我们俄国，有些人面善心恶，这意思你懂吧？”

哥萨克的手机铃声响起，他的手机铃声是《最后倒数》。他接起手机，低声说几句话，然后最后一次祝酒，祝酒词是莫斯科警察的最爱：“阳具坚挺，财源滚滚！”他把信用卡交给服务生，亲吻我们的双颊，对保罗说声意大利语的“再见”，旋即离去。

那次之后，我再也没见过他或跟他说话，只在数个月后多次在电视新闻上看见他。那时高加索地区爆发战争，而他当上国防部副部长。当总统对愤怒的俄国人民发表谈话时,我似乎瞥见他站在后方嘻嘻作笑。

“野蛮人。”我低声说,或是说了一句更不礼貌的话。

不知道是因为保罗认为我说错了,或他暗地里觉得我说对了,或他老婆最近威吓他要买一辆新款宝马或让她去拉皮,或由于其他我难以想象的原因,保罗突然变脸。

“你认为你跟他有那么不一样吗,尼古拉斯?”他露出牙齿,在餐厅的淡紫色灯光映照下看起来突然老了好几岁。他的措词似乎激动起来。“英国绅士先生,你认为伦敦那些人干的事有那么不一样吗?对,他们做事比较精细,还有,比较漂亮,比较干净,”他手骨明显的双手做了洗手的姿势,“但骨子里还不都一样。意大利也是,每个地方都一样。不论是强国还是弱国,有权势的国家还是没权势的国家,一切都是钱钱钱,不止这样。这就是人生,我的人生,尼古拉斯,还有你的人生。”

也许当时我正想着那些没跟塔吉扬娜说的话,一部分的我可能还需要假装自己是个更好的人,尤其那晚更需要假装,需要认为目前的我比真正的我更好,所以我说我认为他错了。我说我们不同,我们有规定、有限制。我说我是不一样的。

“不一样吗?英国绅士先生,那我再告诉你一件事,有了这个哥萨克,我们才有年终奖金,明白吗?没有哥萨克,就没有年终奖金。你确定你不一样吗?你确定吗?你跟我都只不过是哥萨克屁股上的跳蚤。”

我们继续争吵,保罗发黄的眼白浮现一滴褐色血滴。过了一会儿,我无法再跟他继续吵下去。我别过头望向窗外,看着大教堂的荒谬圆顶,某个被遗忘的革命者雕像周围有许多青少年在泥雪中抽烟或接吻。

我上了一课,真的,我在塔吉扬娜家上的也是同一课:我们没什么不同。我没什么不一样,说不定还更要糟。

我举起几乎见底的鸡尾酒杯说:"敬替猪擦口红!"

"好吧,敬猪的口红!"保罗说。

我们举杯互碰。

° ° ° ° ° °

塔吉扬娜对我说,她们是在地铁站认识的,就跟玛莎和我在地铁站认识一样。她说她去多洛哥米罗夫市场买鲤鱼,而玛莎和卡佳在基辅街地铁站帮她提袋子。塔吉扬娜提到她要买活的鲤鱼回家养在浴缸里。我想象玛莎和卡佳在月台中间的大厅包抄塔吉扬娜,就在误导众人的"俄国—乌克兰马赛克友好拼画"之下。塔吉扬娜说,她们是在六月认识彼此的。我想象玛莎和卡佳穿着夏服,露出爽朗的微笑,既迷人又强壮;塔吉扬娜则身穿短袖夏季短衫和过于厚重的裙子,满身大汗。

塔吉扬娜说,她们相处的时间虽短,但感觉就像真正的家人一样;不过,她不是她们的阿姨。我坐在那里,双手互捏,沉默不语。我的手看起来像别人的手。我想她们认为阿姨听起来比较合乎情理,牵连也比较少,只要小心就可以不让真相曝光。

“别担心，”塔吉扬娜微笑说，“这不重要。”回首过往，我不禁纳闷她也许是想说，什么都不必担心。

我正往四十岁大关漂流而去。我漂流到了莫斯科，到了玛莎身边，现在又漂流到这场骗局之中。这只不过是另一场漂流而已，我必须经过这个谎言，然后与之共存。老实说，这甚至不是最困难的部分。也许事实——我是指关于我自己的事实，以及我能走得多远——一直都摆在那里，一直都近在眼前，等着我去发现。

我转换话题，喝茶，说很高兴冬天快要结束了，我们打算去敖德萨。玛莎和卡佳来了之后，我跟塔吉扬娜只字未提刚刚她跟我说的话，最后塔吉扬娜也选择忘记。她端出蛋糕和巧克力给我们吃，然后签了该签的文件。

稍晚我从银行领出二万五千美元，玛莎跟我在莫斯科音乐学院附近一家空荡的爵士夜店和斯捷潘碰面，我在阴暗的私人包厢里把钱交给他(他娇揉做作地拒绝清点数目)。我跟鞑靼秘书奥尔嘉说不必费心去收集布托沃镇那套公寓的文件了，那些文件我们已经有了。我依约带她前往大剧院旁那家饭店的时尚酒吧。

14.

根据我的经验,在抵达一个斯拉夫城市之后,大约目测一下这个城市的堕落指数,就知道会不会有人来推销小姐。抵达敖德萨之后,我在机场没看出这个城市的堕落指数。我们从苏维埃入境出口跟着出租车司机往停车处走去时,司机问我想不想认识小姐,我已带着两个年轻女子的事实似乎未能阻止他拉客。

那是六月第一周,在我们飞离莫斯科之前,天空又开始飘雪。五月底的"整死你"大雪仿佛是上帝在跟俄国人说:我整你们整得还不够。然而在"摩登原始人"飞机机舱内,温度又热得宛如蒸气室。我的耳畔响起高音频的引擎嘎嘎响,声音越来越大,仿佛在说最后我们不免坠机。隔着走道坐在我对面的是个怒目切齿的肥胖匈牙利商人,旅途前半个小时他一直瞪着我,用四五种语言不停咒骂,像是想找人打架。后来他冷静下来,擦擦额头,抱怨新总统上台后乌克兰发生的改变(你可能在新闻上看过这个新总统,他有一张扭曲的面孔,因为俄国人曾对他下毒)。这个匈牙利人说乌克兰已不再那么腐败。他悲切地说:"六个月前,我知道每件事要办好得去找谁、要花多少时间、要花多少钱,现在几乎没有一件事办得成。"

机舱里飘散着汗臭味和干邑的气味。一名女空乘员站在机尾厕所门外,等着有人塞小费给她,好让她按熄禁止吸烟的标志。飞机着地后,两个酒醉的俄国人在走道上跳起吉格舞,周围旅客纷纷拍手。

我们穿越龟裂的柏油路面,蹒跚地步下阶梯,黑海初夏的暖意舔吮着我的肌肤。天气还称不上炎热,感觉就像天堂。我心中浮现一种来自久远孩童时期的感觉,我记得是来自一家人度假过两三次的西班牙布拉瓦海岸,感觉像是离开了位置。那是一种闪耀着光辉、可被原谅的淘气心情,因为来到一个不属于自己的地方,便脱离了某些事物。

我来到了敖德萨,理论上来说,这里是乌克兰,但对俄国人而言,这里仍是童话中的极乐世界,可以放荡、逃离。玛莎和卡佳在我前方漫步,身穿迷你洋装,脚踏在飞机上换的编绳高跟凉鞋。她们手中拖着仿 LV 登机箱,脸上戴着电影明星般的太阳眼镜,露出真心的微笑,而且我确定她们没穿半短内裤。玛莎撑起一把亮红色洋伞,和臀部同步摆动。

她们看起来像在庆祝。她们几乎大功告成,或者说我们几乎大功告成。我们前往敖德萨之时,只要再跑几趟银行,整件事就大功告成。

乌克兰海关辨识我的外国护照时遇上了困难,站在我身后队伍里的老妇人等得不耐烦,轻拍我的肩膀问说:"年轻人,你是不是应该给他钱?"最后海关终于盖上印章。我通过海关,前往入境大厅赶上玛莎和卡佳,跟出租车司机谈好了价钱(司机长着金色门牙,穿了一年没洗的皮夹克,光可鉴人的皮鞋尖得可以用来开锁)。

往停车场走去时，司机开口询问。

“你想不想认识小姐？”

我哈哈大笑，像个紧张的外国人。卡佳也笑了。

“你想吗？”玛莎用我没听过的口气说，并下了最后通牒。她语带挖苦，隐含怒意和嘲弄。“你想认识小姐吗，尼古拉斯？”

我们去敖德萨之前大约五周，接近四月底的时候，莫斯科的中央暖气系统便已关闭。那天我跟玛莎在家，她穿着我的浴衣看真人秀，我跟新黑莓机玩起轻松的前戏。暖气管路传出短促而明显的劈啪声，泄露了天机：那是夏天的鸣枪声，催促生命力的焕发，带着欲望进入较为温暖的月份。大融雪开始了，雪和冰从屋顶上滑落，有如低空降雨。外国人在餐厅里对彼此微笑，仿佛逃过大灾难的无言幸存者。一切都结束了，不必再往返于过热室内和冰寒街道，不必再无止境地穿脱衣物。神智正常的人类绝不会自愿经历的马拉松式俄罗斯冬季终于结束了，感觉如同奇迹降临一般。

玛莎跟我也进入一段温暖甜蜜的时期。现在我可以看见这不是真的，也许当时我也能看见，但是在某种程度上来说，那是最真实、最坦诚的时光。我仍在恋爱中，只不过那时的我上瘾了。我想我需要告诉你这些事，如果这些事让你听了觉得受伤，我很抱歉。

我们谈天，她讲述起童年的冬天。她回忆起九十年代初期摩尔曼斯克市发生帮派斗争，一边是市长的人马，另一边是政府的爪牙。

如果有帮派分子被杀，死者的朋友会在墓园立起一座真人大小的雕像，手上拿着汽车钥匙，人们称之为“早期资本主义受害者纪念雕像”。她告诉我她在青少年时期多么渴望前往莫斯科（不是莫斯科就是圣彼得堡，再不然就是伏尔加格勒市或萨马拉市或下诺夫哥罗德市，只要是文明都市都好），只要找得到工作，有像样的夜店，能离开摩尔曼斯克都好。我也讲述我自己的事，一些我从未跟别人说过的事，也许只跟你说过。我说的不是什么秘密，当时的我没有太多秘密，你知道的。我说的是感觉和恐惧，和我的工作、我的未来、我会不会孤老以终有关。

我们甚至再度谈起有一天她会来英国跟我同住，不过像是在编写剧本或玩游戏，而且我怀疑自己能否适应英国生活：我开始觉得自己就像无望的殖民地居民，在非洲待得太久，回到英国本土已无法生存。我脑中已无伦敦生活的景象，那里没有雪，没有乡间小屋，没有酒醉的亚美尼亚出租车司机。我失去了对自己的概念，罹患长期驻外综合症，我想这种综合症也许就像步入中年之后，有些人会在船只拔锚后感到晕眩一样，只不过长期驻外综合症的症状比较极端。玛莎也是个漂流者，她以自己的方式漂流，但似乎知道要去哪里。

有那么两三次，我在玛莎下班后去店里找她，然后一起去堤岸散步，或去星期五大街的爱尔兰酒吧喝酒。有一次我们还去特列季亚科夫画廊参观圣像，穿上愚蠢的塑料拖鞋在画廊里走动；俄国博物馆经常逼你穿上这种拖鞋，令我窘迫不已，直到我发现每位参观者都穿上了这种拖鞋。玛莎知道每一位圣人的名字，以及画中是哪个不幸的城市被伊凡雷帝或其他人劫掠，但玛莎并非真的对这些画有兴趣，我也只是假装有兴趣。她似乎很温柔,至少有时很温柔,做爱之后与我贴身拥抱,曾有一两个早上她穿着我熨得十分拙劣的衬衫替我端来咖啡。

多亏有鞑靼秘书奥尔嘉的协助,塔吉扬娜那套老公寓的文件几乎都已准备齐全。胜利节之前不久,玛莎、塔吉扬娜和我前往一家精神科诊所取得最后一份文件,也就是塔吉扬娜同意交换公寓时精神正常的正式医院证明书(玛莎说卡佳正在准备考试,所以不能来)。一个老妇人、一个有如瞪羚般坚实美丽的女人和一个戴眼镜的外国人:我想,任何人看见我们这个组合,都会心生疑窦。

° ° ° ° ° °

每个地铁系统都有其规则。在伦敦地铁站,搭乘自动扶梯必须靠右站立,让下车旅客先过,绝不能跟陌生人交谈,早餐前绝不能在车厢内接吻。在莫斯科地铁中,只要过了你要下车的前一站,你就必须站起来,面无表情面对车门,和其他旅客排成队伍,仿佛等着上战场的士兵,或等着被送上罗马竞技场的基督徒。车门一开,你必须对抗那些顶出手肘死命推挤上车的老奶奶,才有办法踏上月台。

前去取得医院证明书那天,我们在克拉斯诺谢里斯卡亚地铁站上车,在萨果里尼基地铁站下车。出了车站,只见水沟里冻结的几座冰脊已爬上碎裂的路边石,几个黑灰色小冰团附着在街灯底座旁,人行道看起来像曾被浸入冷冻肉酱之中,而年轻女子纷纷换上短裙,街上洋溢着啤酒和革命的气味。

我们选的诊所蹲伏在破败的苏维埃七层楼公寓街区的迷宫中，未经埋设的肥大暖气管赤裸裸地爬行在建物之间，宛如巴黎艺术中心的外墙，但没有那么色彩缤纷，还用石棉填塞其中。我们走进诊所，经过在大厅抽烟的护士，步上两段楼梯来到精神科。空气中飘浮着一丝煤气的气味，远处传来滴水声。我们看见两个患者穿着医院病服，其中一人还戴着宽边草帽。诊室墙上挂着精神科医师的医师证书，医生脸上戴着约翰·列侬式眼镜，胡子起码三天没刮。办公桌上散乱地堆着许多纸张，另有一个红色电话和两个塑料杯，其中一个塑料杯倒落桌上。医生的白袍上沾有血迹。

“她酗酒吗?”

“没有。”我说。

“没有。”玛莎说。

“医生，我还没死，能自己回答问题。”塔吉扬娜说。

“如果她酗酒，还是可以取得证明书，只不过贵一点。”医生在桌上交叠双手，露出微笑。

“我不酗酒。”塔吉扬娜说。

医生皱起鼻子，写了几个字，看来颇为失望。

“嗑药吗?”他满怀希望地问。

塔吉扬娜哈哈大笑。

“你是谁?”他问我，以礼相对，却话中带刺。

“我是她的律师。”我说。

“律师？原来如此。”

医生整理一下手中的病历，开始询问比较正常的问题。

“你叫什么名字?”他问塔吉扬娜,俯身越过桌面。

“约瑟夫·维萨里奥诺维奇·斯大林。”塔吉扬娜说,板起面孔,也许那是她旧日的讯问面孔。她这表情维持了一会儿,使得医生雀跃起来,心想他可能有借口调高费用了。然后塔吉扬娜说:“开玩笑的。”

她说出本名、出生日期、黄鼠狼总统的名字,又回答了一两个大部分疯子都答得出来的问题。我们支付四百卢布,又付了三百卢布(据医生所说)的秘书费。我们取得塔吉扬娜的精神正常证明书,离开诊所。

在我们前往敖德萨之前,我只见过塔吉扬娜一次。这一次我很确定日期,那天是五月九日:胜利节。

° ° ° ° ° °

我邀请玛莎、卡佳和塔吉扬娜来我的住处。我们先观赏电视上红场的坦克和导弹游行,然后散步到街心花园路,前往普希金广场欣赏克里姆林宫施放纪念烟火。

玛莎和我端出烤薄饼、烟熏鲑鱼和其他菜肴。那是个美好的下午,她让我觉得我们就跟一般伴侣一样。一般伴侣会邀你共进晚餐,向你展示他们在一起有多快乐,不用说话也能心意相通,他们悠游在爱中,即使吵嘴也很自在。游行结束后,收音机唱起爱国歌曲,塔吉扬娜教我们跳战争时期的舞蹈,我想一种是华尔兹,另一种我记不得了。她先跟我跳舞,玛莎拍手,卡佳呵呵大笑,接着她轮流把舞步教给玛莎和卡佳。我们把客厅里的宜家家居咖啡桌搬到一边，四个人都下场跳舞，我多半是跟穿着淡绿色夏季洋装的玛莎共舞，塔吉扬娜则跟卡佳共舞。塔吉扬娜流着汗，脸上挂着微笑，将卡佳来回抛掷，仿佛回到少女时代，还发出一两声怪异的粗野尖叫，那尖叫声似乎来自她喉咙后方、回忆深处或基因本能。

最后塔吉扬娜弯下腰，不住喘气，我们三人坐倒在沙发上。"太棒了，孩子们，太棒了。谢谢你们。"

过去我总觉得俄国人对战争的着迷是一种病态，但那天下午我看见塔吉扬娜的活泼戏闹跟斯大林或东部战线之类的事情一点关系也没有。她的活泼戏闹是关于失落的爱、青春、反抗，以及回到一九五六年的雅尔塔。

跳完舞后，玛莎拿出文件。

"塔吉扬娜，我想让你知道，尼古拉斯替你在布托沃镇的新家准备了所有文件，包括所有权声明书、技术证明书以及其他需要证明合法出售的文件。所有的文件都没问题，你看。"她举起那叠文件，呈扇形展开，有如圣彼得堡女公爵打开一把扇子。"你这套公寓的所有文件也都准备好了，必须拿给斯捷潘看。"她拿起鞑靼秘书奥尔嘉整理的档案夹，这个档案夹是先前我拿给她的。

"尼古拉斯，把文件拿给她看。"卡佳微笑说。

"对，麻烦你，尼古拉斯。我相信文件都准备好了，但我想听你说明，然后我才会完全放心。"塔吉扬娜说。

"尼古拉斯，给你。"玛莎说，把文件扇和文件夹递了过来。

用钱在俄国买不到的文件目前还有待发掘，在帕维列茨卡娅广场那条从地铁站连接到我上班那栋愚蠢大楼的地下道里,就可以买到大学毕业证书、居住许可证以及声明你有资格动脑部手术的证明书。有时伪造证书其实是真的,因为这些伪造证书是由真的大学、市长办公室或克里姆林宫行政部门的腐败人员所开立的(九十年代空白文件的交易市场非常活跃,过去的合约只要用该时期的水印就可以伪造出来)。有些伪造文件则一看就知道是假的。那天下午我头一次看见布托沃镇那套公寓的文件,我不知道玛莎是从哪里弄来的那些文件,但那些文件伪造得十分逼真,上头有正确的徽章和草率盖上的印章,模仿得惟妙惟肖。也许签名字迹有点古怪,一两个纸张边角有影印机留下的灰白色痕迹,但这些破绽都不太明显,也不引人注意。

我在餐桌上摊开文件,跟塔吉扬娜一同在桌旁坐了下来。我们先一一检视她这套老公寓的文件,然后我逐次说明布托沃镇那套公寓的文件:一份文件列出各种舒适设施,一份文件证明她即将搬入的公寓并无他人有权居住,一份文件证明目前斯捷潘·米哈伊洛维奇是房子的所有人。

那是个美好的下午,糟蹋了就太可惜了;我们即将去敖德萨,糟蹋了这个机会也太可惜了。既然走到了这一步,要回头十分困难,但现实的情况其实更糟,也比这些借口更简单。我必须告诉你,胜利节那天替塔吉扬娜说明那些文件时,我心里一点感觉也没有,只觉得一切无可避免,可说是出于自然。我知道你听了会有什么感觉,但除此之外我无法再做其他说明。

"太棒了,"塔吉扬娜听完我的快速说明之后说,"尼古拉斯,你就像个天使。”

“对，尼古拉斯是我们的天使。”玛莎说，她用手抚摸我的头发，非常轻柔，仅此一次。

“不客气。”我说。

“我们走吧。”卡佳说，起身伸了个懒腰。“快要放烟火了。”

那晚下楼时，我们遇见奥列格。我们搭电梯穿过他的楼层，但我打开公寓楼大门时，他正好要进来。他穿黑西装白衬衫，宛如爵士乐手或殡仪业者，手上提着公事包，我很确定那个公事包是空的。玛莎和卡佳跟在我身后，塔吉扬娜走在最后。

我入境随俗，恭喜他俄国赢得大胜利，他也恭喜我英国赢得大胜利。“荣耀归于你爷爷！”他说。以前我们常聊天时，我告诉过他我爷爷曾在护航舰上服役和我家跟俄国的渊源。

“奥列格·尼古拉耶维奇，让我介绍我的朋友给你认识，这是玛莎和卡佳。”我说。

“对对，你的朋友。”奥列格说，仿佛认识她们似的。

“胜利节快乐！”卡佳咯咯笑说。他们像是身处不同文明的成员，却刚好说同一种语言，表现得小心翼翼。

“是，也祝你们胜利节快乐。”奥列格说。

“好了，我们该走了，借过。”玛莎说。

奥列格背贴墙壁，让玛莎和卡佳过去。她们从奥列格身前擦身而过，走到街上。“万事如意。”他静静地说。

塔吉扬娜依然在大楼内，就站在我身边。我想不出该如何解释她是谁，所以只说出她的名字。

“很高兴见到你。”奥列格说。

“我也是。”塔吉扬娜说。

我看见他们两人的眼神十分谨慎，也感觉到他们互相打量彼此的背景、教育、彼此手上或彼此家人手上曾沾过多少鲜血。老一辈俄国人会在片刻之间做出大量计算，有点像英国人估量彼此的鞋子、口音和发型。然后他们的眼神柔和下来，肩膀放松，放下防卫。

“也恭喜你，塔吉扬娜。”奥列格说。

“六十年了，是不是有六十年了？”塔吉扬娜说。

“差不多。”

我想塔吉扬娜应该比奥列格年长六七岁，但他们都经历过那些时期，包括二次大战、斯大林和俄国梦魇。他们都老到曾经相信一些东西，即使那些东西结果证明只是骗局。大部分的俄国年轻人没有什么可以相信，即使他们想要也找不到东西来相信。他们没有共产主义可以相信，没有上帝可以相信，甚至连对上帝的记忆都被遗忘了。

“我们去过伏尔加河流域的喀山市。我父亲是物理实验室的技术员，我们离开莫斯科两年。”奥列格说。

“列宁格勒。”塔吉扬娜只说了城市名字，仅此而已。

奥列格点点头。

我们往门外走去，这时奥列格说：“等一下，尼古拉斯，我相和你单独说几句话。”

塔吉扬娜踏入称得上温暖的黄昏之中，加入玛莎和卡佳，奥列格和我则站在门廊内。她们离我们有几米远，我猜想如果她们感到紧张或想偷听的话，是可以听见我们话的说。

奥列格说："他们装了一台按摩浴缸。"

"在哪里？"

"在康斯坦丁的公寓里，有人搬进去了。"

我已经很久没想起奥列格的这个朋友，老实说我也不太在乎他。

"谁？"

"我不知道，不知道。是住在那栋公寓的一位太太告诉我的，是她看见的。"

"看见什么？"

"按摩浴缸。"

他等待我回应，但我对按摩浴缸和他朋友都无话可说，我想他可能只是需要跟别人说说这件事。我相信他知道我无法再提供任何帮助，就像他的意见无法改变我跟玛莎和卡佳的关系。

为了结束这段静默，我说六月初我要去敖德萨玩几天。

奥列格直视我的双眼，又望向门外穿着编绳洋装的玛莎和卡佳，过了一会儿，他说出一句话，这句话仿佛一箭命中我的锁骨。

"邀请猪来吃晚餐，猪只会把脚搁在桌子上。"

° ° ° ° ° °
°

我们在普希金广场观赏烟火，塔吉扬娜站在玛莎跟我中间，我们的手臂勾着她的手臂。我想塔吉扬娜喜欢待在情侣身边,尽管她自己得不到什么爱情。卡佳拿来一小包仙女棒发给我们,我们拿着仙女棒对彼此挥舞。烟火声轰然响起,我们抬头望向克里姆林宫上空,不断发出“哇”和“啊”。

“孩子们,好好玩。”塔吉扬娜跟我们道晚安,送了个飞吻给我们,对我眨了眨眼睛。

我请了一天假,周五早上跟她们搭机飞往敖德萨,结果那套在海边的房子没办法让我们住(如果真有这么一套房子存在的话)。我们只好去住酒店,钱当然是我付,而我得以跟往常一样扮演大人物,跟她们同住一间房,跟她们一同去吃早餐。酒店位于美丽慵懒的大道上,路上密密栽植开满花朵的树木,矗立着许多亡故的敖德萨人的雕像,还有一道宏伟的老阶梯往下通往滨海区。酒店内设有精致的木造楼梯,里头有一家餐厅,过去这家餐厅一定就跟利兹酒店一样,另外还有美丽的景观,可以看见初夏艳阳在颜色深如石油的海水中游泳。这家酒店对你述说俄罗斯之美,唤起了我对俄罗斯的印象。

我们住的是一间半房,也就是一间大卧室加一间儿童房,两个房间共用一个浴室。卡佳立刻出门溜达,卖弄风情。我承认,我要求玛莎脱下衣服,打开衣柜门,站在镜子前,摆出最初她给我看的照片里的姿势。只不过这时我坐在她身后,看着她的背在我面前,她的正面映在镜子中,而我在镜中跟她在一起,视线在镜中相接。我们在镜中的影像十分靠近，但实际上却是分开的，我们已然分离。

我坐着，她保持那个姿势站着，两人只透过眼神交流，直到玛莎对着镜中的我说话，用她在机场发出的同样充满暴力的声音说："这样够了吗，尼古拉斯？"她在敖德萨表现得十分体贴、准时，尽力照顾我的需求，但她的人仿佛不在那里，也或许在她脑中我已不存在，所以她可以对我慷慨一些。

我们穿上衣服。通往海边的林荫大道阶梯上层，我们发现了一只侏儒鳄、一只秃头猫头鹰和一只神经质的猴子等着跟爱拍照的游客合照。阳光下十分温暖，阴影里却近乎寒冷。这个时节是敖德萨咖啡馆的营业季，他们撑开大伞，放下凉篷，有如动物在冬眠结束后伸展躯体。害羞的美国人和他们飞来这里相见的线上新娘，正拿着菜单用别扭的语气讨论该点什么菜。两个身穿吊带袜和塑料及膝长靴的女子在人群间发送脱衣酒吧的传单。也许我错了，我还以为这些罪孽深重的浮华斯拉夫人的宗教正在消亡。也许要变得如此伤风败俗，一定得有宗教在某处作祟，必定是有些老朽的神祇仍潜伏在他们的头脑深处，使得他们决心反抗到底。

过了半个下午，我们搭出租车前往海滩。

我问卡佳说："你的考试怎么样了？"

"什么考试？"

"你在莫斯科大学的考试。"

"对，考试。考得很好。"

我们在海边找了一家绿竹小咖啡馆坐下，但见坏损码头的尽头有许多瘦削少年从摇摇晃晃的滑水道冲入冰冷的海水。远远望去，沙滩上的沙看起来像我在特内里费岛见过的火山海滩的沙(我去特内里费岛是很久以前的事,在遇见你、去俄国之前),近看颇似烟灰。卡佳身穿透明洋装,里头是红色比基尼。玛莎旋转着她的红色洋伞,我看不见她太阳眼镜底下的眼睛。

“你选修哪些课,卡佳?”

“商业……经济……还有其他的。”她微笑说。“我是个非常好的学生。”

“班上第一名。”玛莎说。她们笑了起来,我也笑了。

沿着海滩后方延伸的水泥小道弥漫着尿骚味,但不知为何并不怎么令人讨厌。海滩上有一个老人提供吊球游戏,一个忧伤的老妇人则提供一组老式磅秤,说要替我们量体重,另有一群狗正在打盹。现在似乎已经没什么好隐藏的了。她们不是姐妹,塔吉扬娜不是她们的阿姨,卡佳在乌兹别克餐厅当服务生。一切都已曝光。

我们坐在海滩上(玛莎和卡佳摊开塑料垫坐下,保护她们的衣服)。我们说好晚上要去刚刚经过的那家滨海夜店。我们从一个妇人那里买了三份冰淇淋,沉默地舔食。我觉得那个卖冰淇淋的妇人看起来颇像塔吉扬娜。

我在饭店发现谢廖沙的事,那时我们正准备再度出门。

° ° ° ° ° °

玛莎走进浴室,锁起了门,水龙头哗啦啦地开始放水。卡佳沉沉睡去。透过卡佳房间的门,我看见她仰躺着,手臂直放在身体两侧,她有如死尸。过了大概十五分钟,我敲浴室的门,问玛莎说她有没有事,过了许久她才回说:“没事”,声音拖得很长,介于高潮与临终喉鸣之间。我打开电视看了举重比赛、隐晦的意大利色情聊天室广告、一群身穿合身西装的男子(应该是在乌克兰国会里)勒着彼此的脖子、土库曼现场直播的奇怪军事仪式,仪仗里有铜管乐队和几只骆驼。我关掉电视。饭店后方忽然传来两声声响,在我的外行耳朵里听起来像枪响。然后我看见玛莎的粉红色镶边皮包就放在床边的床头柜上,便拿起皮包来看。

她带有两本护照,一本国际护照,一本国内护照,俄国人通常都得带这两本护照。这就是我确定她姓什么的原因。后来我才想到我可以找出并抄下她的地址,但我十分匆忙,心思又不够细密,所以并未抄下地址。她有一张健身房会员卡和一张塔干卡区夜店的会员卡,这家夜店我从来没听说过。另外还有一张新阿尔巴特街配件商店的折扣卡、一家普希金广场咖啡厅的“买六送一”集点卡(已盖了三个章)、一张地铁卡、大约两千卢布和五十美元。我发现一张纸条,上头写着她的电话号码;讲究实际的莫斯科人会留自己的电话号码在皮包里,这样一来小偷就可以叫他们的奶奶过几天再把皮包主人的身份证件卖给失主。她的皮包里还有一张照片。

那是一张护照尺寸的黑白照片,照片里的小男孩看起来非常天真,小男孩有一头酷似比利时漫画人物丁丁的金色卷发,头发还从绑在下巴上的白色童帽中卷了出来。我不是很确定,但我想照片中的小男孩大概一岁左右。未满一岁、可爱无比的小孩让天下父母为之疯狂,却总让我兴趣缺乏。照片中只能看见他的上半身,他似乎穿着迷你水手装。他的脸一半对着相机,一半对着抱他坐在腿上的女子。那女子正是玛莎。

我把照片翻过来,只见背面写着"和谢廖沙合照",还有日期。日期是我遇见她的五六个月前。我算了算,我们去敖德萨之时,照片中的小男孩谢廖沙应该两岁了。我把照片放进皮包,再把皮包放回原位。

° ° ° ° ° °

那天晚上她们都穿猫咪装,脸上化了大浓妆。玛莎穿的是深蓝色猫咪装,卡佳穿的好像是紫色猫咪装。我们去一家乌克兰自助餐厅吃晚餐,我拿了很多盘饺子,却没吃几口,只是坐在那里思索:谢廖沙是谁?谢廖沙是谁?谢廖沙是谁?她们则在聊说如果有钱的话要去哪里度假(马尔代夫、塞舌尔群岛、哈罗德百货公司)。之后我们在一家热闹的酒吧喝了菠萝奶霜调酒,然后搭出租车前往海滩旁的夜店,那家夜店好像名叫"拉美西斯"或"法老"。

那时是夏季第一周,晚上大约十点半,气候凉爽。夜店有一半空荡荡的,里头有一个被干冰淹没的舞台和一个悲凉的舞池,舞池周围的桌子摆设在三座塑料埃及金字塔的侧边。我们坐了下来,等待某些事情发生,而且懒得在强力电音中声嘶力竭地交谈。就像一般的派对或夜店,慢慢地人越来越多,然后突然间里头挤满了人。玛莎和卡佳进舞池跳舞,我去了吧台,一个人站在那里观看和饮酒。

夜店里有五六个典型帮派分子,身穿带有威吓性的黑色夹克,脖子粗得有如树干，留着死囚发型。除了他们之外，我是店里最老的客人，比其他客人老了大约十五岁。我身穿牛仔裤和派对衬衫，那些敖德萨长腿女人看我的眼神仿佛我是暴露狂或乞丐。夜店里上演了一场脱衣秀：一场怪异的裸体芭蕾，由一个不懂得移动的笨重男子和两个胸部下垂的年老女子演出，相当令人失望，但客人依然对他们发出讽刺的高声欢呼。

脱衣舞者捡起衣服快步下台时，我爬上一座金字塔，在舞池里找寻玛莎和卡佳。那晚发生的事我记不太清楚了，只依稀记得我挤到她们跳舞的舞池角落，无声地对被我踩到脚趾的舞客道歉。我的眼镜沾满汗水，我的耳朵被鼓声猛烈击打，玛莎和卡佳正在跟一对年轻男女跳舞，但那对男女一看见我过来就退入了人肉丛林中。

我站在玛莎面前，抓住她的脑袋两侧，让她的头停止晃动，然后放声大吼。

“谁是谢廖沙?”

“什么?”她的脸停止跳舞，但身体试着继续跳舞。

“玛莎，谁是谢廖沙?”

“别现在问，尼古拉斯。”

“谢廖沙是不是你儿子，玛莎?”

“今天晚上别问，尼古拉斯。”

“是不是你妈妈在带他? 你妈妈真的在你年轻的时候生病了吗? 你有妈妈吗，玛莎?”

“今晚别问，今晚是属于你的，尼古拉斯。我们来跳舞，尼古拉斯。”

她的身体又开始跳舞。我的双手依然抓着她的头,她往卡佳伸出一只手,接着我感觉到卡佳的手臂压上我的肩膀,又感觉到她的手指在玛莎的后脑抚摸我的手指。卡佳的气息喷在我的脖子上,坚实的身体贴上我的后背。

我的体内有一半充满菠萝奶霜调酒,另一半因为得知答案而昏醉。我任由卡佳拉开我的双手,停止对玛莎咆哮,开始跳起学校迪斯科舞步。我们三人看起来就像下流的男性幻想出来的画面。

敖德萨夜店比莫斯科夜店更胜一筹之处在于灯光打得恰到好处,有了灯光做为润滑剂,一切事物看起来都比实际上美。你可以把事物看成你想要的模样。既然人们都赖此生存,你也可以,所以我在那个漫长的最后一夜便是如此度过。当干冰退去,我看见黑海在夜店舞台后方闪着微光,一波波的浪峰在月光下朝我们涌来。我觉得我似乎也会跳舞,有如那些在桌子上扭动的身躯,有如那些爬上舞台、让全世界在这个年轻夏日欣赏他们有多么青春美丽的年轻躯体。那些帮派分子似乎没有恶意,玛莎亲我的时候似乎是真心的。塑料金字塔看起来像是真的金字塔,幻想闻起来有如快乐,夜晚感觉起来恍如自由。

在阳光洒落海平面、穿越树木和饭店窗帘前一小时左右,我们上床睡觉。我在玛莎臀部和沉睡的腹部找寻妊娠纹的踪迹,但什么也没找到。

15.

我们从敖德萨回来时,时节进入盛夏。莫斯科的春季来去匆匆,似乎过了一夜或看完一部电影就走了:等你一觉醒来,或一眨眼间看完电影出了电影院,走进温暖的空气中,才发觉原来春天来了又走了。我可以在空气中尝到荷尔蒙和能量,那个能量促使某些事情发生,有人必须使用这个能量来做些什么。

我们搭机回家后几天,也就是在签约日的前一两天,玛莎和我又去探望塔吉扬娜。塔吉扬娜在门口迎接我们,发出嘘声叫我们不要进门,然后跟我们一起在池塘周围的小径上散步。我们又买了一个冰箱磁铁送她,上头的图案是敖德萨歌剧院,旁边是骄傲的皇太子妃头像。塔吉扬娜把磁铁拿到眼前观看,然后放进俭朴的深蓝色春季外套口袋里。她说她想再去一次黑海。

“你会的。”我说。

“也许吧。”她说。

之后,玛莎告诉塔吉扬娜说交换公寓出了点问题。事实上,有两个问题。第一个问题(我是听玛莎说才知道的),倘若正如他们所同意的,塔吉扬娜交换了一套新公寓,那么她可能得支付上千卢布的房产税。玛莎说，主管机关会自行计算新公寓值多少钱，再加上五万美元，便是她那套旧公寓的名目价值。这个总金额将高于征收房产税的门槛，因此塔吉扬娜可能会失去那五万美元，还得支付超额的部分。

“这是真的吗，尼古拉斯？”塔吉扬娜问我。我不知道她为什么如此信任我。玛莎的眼睛直视我的双眼，并未眨眼，也不带鼓励的意味，连微微点头也没有，她知道到了这个时候我已准备好要说什么和做什么。

“是真的。”我用自信的律师声调说，即便我头一遭听说这件事。后来我去查过：这不是真的，但听起来很像真的。

玛莎解释说，有一个方法可以解决。合约可以拆成两份：一份用来出售塔吉扬娜在清水塘旁边的公寓，这份合约是为了那五万美元而拟定的；另一份是购买布托沃镇那间公寓的合约。他们会在第二份合约写下一个颇高的售价，高到让主管机关认为这件卖屋案不是场骗局。但这个数字并不重要，因为塔吉扬娜并不需要真的付这笔钱。

“两份合约，我明白了。什么时候要签第二份合约，就是买新家的那份合约？”塔吉扬娜说。

“很快，很快就会签了。”玛莎说。

塔吉扬娜停下脚步，低头望着自己的鞋子一会儿，然后耸耸肩说：“好。”

玛莎说，第二个问题是斯捷潘打电话来说布托沃镇那套公寓就快完工了，但还差一点点，他保证再过一两个星期就会完工，最多三个星期。但玛莎建议塔吉扬娜应该先售出她的公寓，先签下卖屋这份合约，然后把钱拿到手。玛莎说我们已经跟银行约好时间，银行会点清现金，即使我们延迟交易，还是得付钱请银行做这个动作（那时，房产交易和所有俄国的高额交易都只能用现金交易，包括贿赂法官、贿赂税务督察员）。

“连这个我们也得付钱？”

“对，塔吉扬娜。”我说。

玛莎继续说，塔吉扬娜还是可以住在清水塘的公寓里，直到布托沃镇那间公寓完工。她说，现在只剩厨房了，斯捷潘正在装设料理台和洗碗机，等这些东西装好就全部完工了。塔吉扬娜只需要取消旧公寓的户籍登记，通报主管机关说她不再住在那里、会去住别的地方就行了。玛莎不慌不忙地讲述这些事，看起来不紧张也不激动，非常惊人。

“洗碗机！”塔吉扬娜说，然后大笑。接着她沉默了很长一段时间，这段时间我担心她会答应，但我必须承认，我更担心她不答应。我低头望着地面，心想池塘旁边的小径竟如此干燥；树木看似又活了起来，叶子绿得那么纯净。池塘另一边的餐厅帐篷传来砰的一声。塔吉扬娜家对面那栋建筑的墙壁上，奇幻动物正在爬行和飞扑，闪闪发光，仿佛为了夏季的到来特地将身体梳理一番。

最后塔吉扬娜说：“好，我们在银行碰面。”然后我们三人继续往前走。

° ° ° ° ° °

街上被雪埋藏的日古利已从雪中冒了出来，它的挡风玻璃出现一道裂痕，但车身比消失之前看起来更干净，仿佛上面的污渍已被冬天洗去。我经过奥列格的朋友居住的公寓（或应该说他“曾经”居住的公寓），看见一队塔吉克工人正用手推车搬运沙子、一捆捆夹板和一桶桶油漆上楼。街心花园路拐角的夏季咖啡馆打开了百叶窗，让柔和微风吹送而入。苏维埃天才城市规划师在莫斯科到处种植的白杨树受到暖空气激发，播送出毛茸茸的白色种子。那是一种温和的六月瘟疫，莫斯科人称之为“夏雪”，这些如雪花般的种子有时会黏在你的头发上或喉咙里，并堆积在水沟里，有时酒醉的青少年会纵火燃烧种子堆。

我们选择签最后合约和点清现钞的银行离塔吉扬娜家很近，位于中国城，隔壁是赌场，对面是 DVD 折扣商店。那天应该是周一，我迟到了，公司里正忙着处理另一个融资项目。现金依然如瀑布般流入莫斯科，即使克里姆林宫对盛气凌人的石油大亨、他那不幸的律师和火大的少数股东罗织罪名，金流依然不断注入。我抵达时，只见他们在银行外的人行道上挤成一团，玛莎和卡佳都穿了我没见过的裤装（臀部很紧），绑马尾的斯捷潘穿一件微带粗呢的夹克，塔吉扬娜身穿打褶长裙和褐色短衫。我们走进银行，经过一排坐在强化玻璃后方、喜怒无常的出纳员，穿过加装安全密码的门，走进一间像会议室的房间。房间窗户的位置很高，靠近天花板，仿佛监狱一般，桌子中央的玻璃瓶盛有微温的清水。

两名银行高级职员正在等候我们，其中一人负责确认文件，准备呈交给国家房产登记局，另一人负责点钞，现钞由斯捷潘装在一个磨损的真皮公事包里带来（我一直不知道另外两万五千美元是从哪里来的）。房间角落有个门廊，穿过门廊是一扇金属保险门，店家晚上打烊时通常会关上这种拉门。他们打开金属拉门后，我们排成一列穿过那扇门，步下金属螺旋梯，包括两名银行职员、斯捷潘、塔吉扬娜以及作为塔吉扬娜合法代表的我。周围安静无声，只听得见我们的脚步声和塔吉扬娜偶尔发出的喘息声。塔吉扬娜走在我前面，那扇门在我们身后被拉上，金属门被拉过门槛，门闩闩上时发出刺耳声响，当下我看见塔吉扬娜的头向后半转，出现些许的苏维埃式反射抽搐。

底下那个房间是个没有窗户、不通风而又冷酷的金库，中央摆着一张如同过去考试时用的木桌，天花板吊着一盏灯。墙壁皆由保险箱构成。负责点钞的银行女职员是个胖嘟嘟的中年妇女，我想应该是亚美尼亚人，她待人友善但疲态毕露。她在唯一的椅子上坐下。斯捷潘从公事包里拿出和五万美元等值的数万卢布现钞，交给银行女职员检查。其余众人站在她周围，除了呼吸之外，就是观看她将现钞呈扇形摊开在荧光灯下。她检视钞票时戴着一副接目镜（像钻石商用的那种），将一沓沓钞票放进嘈杂的数钞机里。她将现钞分成三堆，用橡皮筋把钞票扎起来，放进一个炭灰色保险箱里，然后填写一张表，再将保险箱放回墙上格位。

我们走上楼梯，喘息不已。塔吉扬娜和斯捷潘坐在一张桌子前，我倚墙站立，两旁是玛莎和卡佳。塔吉扬娜签下一纸新的售屋合约，这张合约是我请鞑靼秘书奥尔嘉匆匆拟定的：只售出她的公寓，价格是五万美元。她签得很快，没读合约内容，然后转过头来对我们微笑。银行职员解释说，合约副本将送到房产登记局，估计再过一两周，房产登记局就会寄回一份证明书，声明屋主目前为斯捷潘。斯捷潘将取得银行持有的一组公寓复制钥匙，而塔吉扬娜到时可以来银行取回这笔钱。

"恭喜你！"玛莎说。

"太棒了，塔吉扬娜！"卡佳说，扑了上去，从后面抱住坐在桌前的塔吉扬娜。

"恭喜你！"我说。

"谢谢。"塔吉扬娜说。

"洗碗机！"塔吉扬娜说，然后大笑。

差不多就在这段时期，调查员维亚切斯拉夫再度失踪。而今贷款已全数交拨，维亚切斯拉夫应该确认对方遵守所有条约和期限，尤其是油槽应该在夏天开始运送石油，好让那家专项公司开始履行还款计划。但维亚切斯拉夫的手机关机，电子邮箱还设定了神秘的自动回复信息，说他非常抱歉，过一段时间他才能回复邮件，敬请原谅。哥萨克也突然失去联络。谢尔盖去了一趟克里姆林宫对面我们上次跟哥萨克开会的那栋大楼，结果发现那个办公室属于一家石油交易公司，公司老板是个手上沾满血腥的肥胖乌兹别克人。他们告诉谢尔盖说他们从来没听说过哥萨克这个人，然后把他请出大楼。我们联络人民石油公司，他们以书面形式提醒我们说，他们对于合资公司所做的任何约定一概不负法律责任。保罗说现在还没理由让银行团烦心，但我看得出他承受着莫大压力：他的眼睛下方浮现黑眼圈，并开始用意大利语咒骂。他一直把哥萨克说成是“尼古拉斯的朋友”，办公室的人见到他避之唯恐不及，如果不幸跟他搭上同一班电梯，都会胆战心惊地看着电梯门上方的红色数字，希望赶快到达自己所要去的楼层。

证明书核发那天我无法抽身离开办公室，所以没看见塔吉扬娜摇摇摆摆走出银行的模样，但我想象塔吉扬娜会用塑料购物袋装进五万美元的等值卢布，返回她住了四十年的公寓，并预计在那里再住个几周。不过这件事大约十天之后一定会发生，就在六月中旬，那时的白昼最为漫长，寒冬只像是一场梦。她们无法左右这个部分，这个部分是银行负责的，而银行职员一定会把现金交给塔吉扬娜，所以她一定会拥有这笔钱，至少可以用这笔钱重新打算。

但在金库点钞那天，就在我离去之前，塔吉扬娜最后一次邀请我们去她家。从银行走到她家只有短短一段路程。只见她把纸箱尽责地堆在走廊上，家具看起来赤裸且窘迫，盘子和证书已从墙上取下，厨房水槽里有一束花。塔吉扬娜说上星期她离职时，博物馆同事送了她那束花，还送了她一台新的收音机。

她也送了我一样礼物，她说她的东西太多了，布托沃镇那套公寓不知道放不放得下，这些东西她留下又有什么用？所以她希望我收下一样纪念品，纪念我们的友谊。这样纪念品就是她在体操轮里的那张照片，当时的她必须在共产谎言里再活四十年，面对物资匮乏；接下来是希望的十年，然后是更多的谎言和匮乏，最后遇见玛莎、卡佳和我。我试图婉拒这个纪念品，但她十分坚持。我想你曾在抽屉里见过这张照片,还问我那是谁,我只含糊地说那是纪念品,并未认真回答。在我拥有的所有东西之中(坦白说,以我这个年纪的男人和银行存款来说并不算太多),塔吉扬娜的那张黑白青春照片是我最乐于遗失,也是我最想逃避的,但不知为何它总紧紧跟随着我。

16.

一如我先前所言，是那股气味透露了那个东西的存在。

三色堇和郁金香重回街心花园路中央的花床，组成华丽的队伍。依据俄国宪法秘密条款，四十岁以下的俄国女子开始打扮得有如妓女。朝莫斯科河和乌克兰饭店的方向望去，可以看见暖空气和石油废气在新阿尔巴特街的赌场上空形成朦胧的海市蜃楼。这时是六月中旬，康斯坦丁开始散发出气味。

傍晚时分我离开住处，要去马雅可夫斯基广场附近和斯蒂夫共进美式晚餐。

我步下楼梯，来到奥列格家门前的楼梯间，却发现格奥尔基坐在门口地垫上。格奥尔基是一只白色的猫，老迈且患有关节炎，有一对粉红色的耳朵和令人窘迫的粉红色眼睛，身躯肥胖得像怀孕，却有一条骨瘦如柴的尾巴。它紧盯着墙壁看，仿佛罹患创伤后综合症。我俯身在格奥尔基上方，按下奥列格家的门铃，我按了不止一次，但没人应门。格奥尔基那对空洞的粉红色眼睛和我四目相接。我离开待在原地的格奥尔基，下楼并步出大门，走进甜美的傍晚空气中。

我先看见了奥列格，当时他的脸望向别处，但我看得出那人是他。他穿着一身皱巴巴的西装站在那里，脑袋低垂，仿佛正在祷告或啜泣。有许多人在他周围走动和谈话，但他独自站在那里动也不动，也没有人跟他说话。

我来的方向正好被众人挡住视线，但我立刻就闻到了那股气味——腐烂水果般的恶臭透露了康斯坦丁的所在。从十米外之外，我看见了一只脚。

那只脚从橘色日古利的后备箱伸出来，悬垂在污迹斑斑的车牌前方。那只脚还穿着鞋，鞋子上方是拉直的袜子，袜子上方是一小节发青的皮肤。

膝盖以上仍在后备箱内，难以得见，感谢耶稣，但不知为何我立刻就知道那是奥列格那个失踪的朋友康斯坦丁。我走到奥列格身旁，和他并肩站立。他脑袋弯垂如弓，头顶有许多稀薄的白色漩涡。我跟他一起望着地面，也许三分钟，也许一世纪。我和他既不在一起，又在一起。奥列格并未抬眼也没斜眼向我瞧来，但我知道他知道我站在他身旁。

最后我说："太可怕了。真是太可怕了。"

他抬头向我瞧来，张开嘴巴，咽了口唾沫，又垂下头去。

那辆日古利周围站着五六个警察，其中两三个正在讲手机。他们身穿滑稽的蓝色衬衫，衬衫布料在下腹、侧腰可弹性伸缩，佩枪则贴在大腿侧边。这种蓝色衬衫是俄国警察的夏季制服。现场警员看起来像生意清淡的俄国烤肉店里的客人。日古利的另一边有个青年刑警坐在引擎盖上抽烟，正是几个月前我见过且拒绝贿赂的那个刑警，那时我正试着帮助奥列格——但没有非常努力——找寻他这个难逃死劫的朋友。

“嗨。”我说。

“嗨，英国人。”青年刑警说，看见我他似乎颇为高兴。他身穿黑色牛仔裤，亚麻夹克，深色T恤，胸前图案是一品脱的健力士啤酒。

“你知道是谁干的吗？”我问他。

他大笑，他的青春痘最近更严重了。“还不知道。说不定明天就知道了。”

“他们为什么把尸体留在这里？”

“我不知道，可能在搬运尸体的时候被别人打扰了吧，也可能觉得后备箱装着老人尸体到处跑太危险了。说不定他们原本打算晚点再回来搬，却一直没有办法。看来尸体在这里已经有一段时间了，说不定去年就在这里了。”

想起斯蒂夫跟我说过的业余杀手/职业杀手谋杀手法，我便询问那青年刑警说康斯坦丁是不是被人用这种手法杀害的。

他想了几秒，说：“有可能。凶手的手法很拙劣，我想他用的是榔头，也可能是砖块。你想不想看看？”

“不用，谢谢。”

我走离现场一段距离，来到教堂栅栏旁，只见黄色的草在泥巴中奋力求生。我打电话给斯蒂夫。

“他死了。”我说。

“你是不是会迟到啊？我们等一下不是要去‘阿尔菲野猪舍’吗？”阿尔菲野猪舍在动物园附近，是一家低级酒馆，俄国女子去那里假装自己是妓女，妓女则去那里假装自己不是妓女，她们会爬到桌子上跳舞,对中年外国驻外人员抛媚眼。我还挺喜欢去阿尔菲野猪舍的。

“我邻居的朋友康斯坦丁死了。”我说。

我把那只脚和榔头(或砖头)的事告诉斯蒂夫。

“就跟你说他死了吧。”斯蒂夫接着又说。“可能是为了他的公寓。”

“什么?”

“他的公寓。他是不是有一套公寓?”

“对,没错,他有一套公寓。”

“那就对啦。我告诉你,就是这么一回事,还不都是为了房子,再不然就是因为喝酒闹事或通奸。有人为了得到他的房子而把他打死。”

九十年代的房产犯罪更凶残,斯蒂夫解释说,莫斯科老鸟一提到过去那令人珍爱的十年只有区区窃盗和肉欲横流,都会用这种怀旧的口气说话。共产主义垮台后,莫斯科政府把市区房屋所有权让给了现居居民,几乎没收什么钱,从此以后诈骗案层出不穷。有时歹徒跟屋主结婚,然后从罗斯托夫市或其他地方找来表亲或兄弟,联手把屋主做掉,好继承房屋。或者他们会折磨那可怜的屋主,逼屋主把房子签字过户,然后再把屋主用强酸给溶解,或把屋主丢进莫斯科河。

“但现在俄国人比较文明了,他们会用比较干净的手法。他们会找寻孤单的老人下手,把老人打死之后,找个贪污法官证明说他们是死者的法定继承人。就这样,房子就变成他们的了。”斯蒂夫说。

“难道他们不需要尸体吗?我是说要证明屋主已经死了,难道不需要找到尸体吗?”

“我的老天,尼克,我还以为你是律师呢。不需要,他们不需要尸体。在俄国,你只要失踪五年就算死亡。故事结束。不过呢,接下来这个部分才精彩,比较友善的法庭会在某人失踪六个月后就宣告这个人死亡,主张者只要提出证据,证明有人看见这个失踪的人最后处于危险状况就可以了。这并不难,可以是冰钓,可以是喝醉了去河里游泳,可以是在森林里摘了毒蘑菇。只要六个月,屋主就被宣告死亡,房子就是歹徒的了。康斯坦丁是什么时候失踪的?”

“不知道,我不记得了。可能是十月吧,大概那个时候。”

“那也够久了,这段时间够让歹徒把房子卖掉了。”

在此之前,我一直都告诉自己这些事我已前前后后思索过了,没那么可怕,玛莎、卡佳和塔吉扬娜的这件事没那么可怕。这件事也许没那么好,甚至可以说是坏,但也没那么坏,不像康斯坦丁身上发生的事这么坏。我应该听别人的意见,我应该猜想得出来的。也许我已经猜想出来了,却置之不理,一意孤行。但当我看见康斯坦丁从日古利伸出一只脚,以及斯蒂夫跟我简单叙述了公寓欺诈的历史之后,我再也无法假装自己什么都不懂。

“可是要买通法官,”我说,“欺诈犯需要钱不是吗?他们需要朋友。如果都没有怎么办?我是说那些欺诈犯如果只是小角色,只是从外地来的,只是几个年轻人呢?”

“还是有其他方法。不过这样就需要找一个容易被愚弄的人下手,这个人最好没有任何亲属,可能还需要一点耐心和创意,但还是可以办得到。手法太多了。这是完美的莫斯科犯罪。私有化加上一飞冲天的房产价格加上良心泯灭就等于谋杀。为什么你认为这些歹徒是小角色?”斯蒂夫说。

“我没认为什么,”我说,沿原路走了回去,“我不知道。”过了几秒之后,我说:“尸体在车子里,斯蒂夫,就在我这条街上、在雪堆里。我是说,那辆车被埋在雪堆里。看来尸体整个冬季都在那里,只是被埋在雪堆里。”

“雪花莲,”斯蒂夫说,“你那个朋友是雪花莲。”

他对我说,冰雪融化而浮出雪面的尸体,俄国人称之为雪花莲。这类死者多半是酒鬼和游民,自我放弃,倒在皑皑白雪中,有些则是离奇失踪。雪花莲。

“就像我跟你说过的,尼克,世界末日来临时,会从俄国先开始。听着,你还去不去阿尔菲野猪舍啊?”

我挂断电话,回到奥列格身旁。他已抬起了头,但仍未移动。

“奥列格,我觉得很遗憾,非常非常遗憾。”我说。

“上帝在他的天国,”奥列格望着那只脚说,“沙皇在遥远的天边。”

我的良心驱迫我这么做,我想可以这么说,或至少我想这样告诉你。也许是我的良心加上好奇心,再加上其他比较丑陋一点的、隐隐带着自尊、对自己参与之事的畏怯。我也希望自己在当天晚上或第二天便这么做。不过算是很快了,我确定是很快的,大概不到一周

（也许只有一周），我就去探望塔吉扬娜，尽管我不确定能否找到她。

那天去银行点钞和签约之后，我就没再跟玛莎和卡佳说过话。这突来的结束是我没预料到的。我打了玛莎的手机号码无数次，但只听见俄国电信公司的故障信号。故障信号是三声短促的哔，第一声的音调高得可以震破玻璃或使狗儿发狂，而且愈爬愈高，之后便是令人沮丧的语音信息，说她的手机可能关机或收不到信号。我不断试着拨打玛莎的手机号码，然后才想到塔吉扬娜，最后我去塔吉扬娜家按门铃。

在美好温暖的周六，我站在庭院的阴影中，按门铃按了大概一两分钟。最后有个日本女子从里头开门，我对她微微一笑，走进门内，爬上楼梯。我敲了敲塔吉扬娜家的门，起初敲得很轻，仿佛里头可能有婴儿在睡觉，也仿佛是我并不希望有人来应门。接着我敲得越来越大声，也越来越急，有如出夜间勤务的克格勃干员，但仍无人应门，除了一个穿浴衣、头上满是发卷的金发胖妇人从楼上楼梯平台弯腰下来，倚着栏杆瞪着我，直到我离开。

来到屋外，我站在清水塘周围的小径上。那时池水已经干枯，池内覆盖着灰白色粉尘，风一吹就一蓬蓬地冒起来，沾污我的裤子，尝起来有如粉笔灰。我走到地铁站，穿过玻璃门，那种玻璃门关上时会猛力拍向旅客，如同它们的历史那样沉重。我不再像以前那样替后面的旅客拉门，看也不看就让门关回去，拒绝用这个免费良机在这个弱肉强食的城市里展现慈爱之心。

我搭乘地铁前往布托沃镇，理论上塔吉扬娜还有时间可以搬过去。我在地铁站外拦下一辆出租车，这次的司机是个受过迫害的乌兹别克人，他说穆斯林很快就会崛起，任何时刻都可能，跟俄国人和其他国家的人进行最后一战。车子来到城市边缘转了个弯，我看见路的另一边已变成丛林，树木和矮树丛急切地趁着俄国夏日爆发生长。我看见人们稀稀落落地从老木屋之间走进森林，手里抱着宝宝或瓶子。车子在喀山大街的公寓外停了下来。那间公寓是塔吉扬娜的、斯捷潘的，或莫斯科建筑投资公司的，或任何人的。

我在对讲机上按下冬天时来过的那一户号码。无人回应。我按下所有号码，或随便乱按号码，但这个方法这次不管用。过了一会儿，我发现对讲机的电线从下方窜出来，一条绿色、一条红色、一条蓝色，三条电线只是悬空垂挂着，没接到任何地方。我一拳打在金属门板上，然后走到对面，抬头往那栋公寓看去。

太阳正好在公寓后方，所以我必须眯起眼睛。就我所见，公寓里没有任何灯光。我朝七楼阳台后方角落的窗户看了许久，那一户原本应该是塔吉扬娜的房子，但里面似乎无人居住。我想我可以看见后墙有个橱柜，但看不见其他东西，阳台也空荡荡的。我再往上看，发现顶楼的窗户都还没装上，顶楼中央的开阔窗台上还站着一只莫斯科胖乌鸦。

我开始往地铁站的方向走去。我决定去问问看是否有人知道这栋公寓的事，反正我没什么好损失的。我知道以后不会再来布托沃镇了。我跨过附近一间小屋的庭院长草，来到前门。后来我才看见柴堆里睡着一只褐色大犬。

我敲了敲门，来应门的是个老人，也许七十岁，也许五十岁，老人的年龄总是很难看得出来。他穿着冬季外套，脚上没穿鞋袜。

我说抱歉打扰了,问他知不知道对面那栋新公寓的事。

“不知道。”他说。

“什么都不知道?”

他打量了我几秒,可能是在判断我是哪种骗徒。他的眼睛布满血丝,白胡须三天没刮,牙齿掉了好几颗。

“我想,他们没钱了。”他说。

“谁没钱了?”

“我不知道,”他耸耸肩,“那些老板吧。他们说公寓会被拆掉。”

“谁说的?”

“人家说的。”

“那意思是不是说没有人住在那里?”

“没有人。我是说,我不知道。知道越少,睡得越好。”他露出安慰而缺齿的微笑,关上了门。

我只知道玛莎和卡佳大概住在哪个地方,但我想得到的地方都找过了,或应该说几乎都去找过了。如果那个时候你来问我,我可能会说我是为了寻塔吉扬娜,但这只是部分原因,并不是主要原因。她们还拿了我两万五千美元,但这也不是真正的原因。

首先,我去了特列季亚科夫画廊旁的手机店。那天天气炎热,店内站满热得发昏的顾客,手上拿着特惠传单猛扇。我找到的第一个女店员说玛莎辞职了,然后就说她很忙。经理说他们没有玛莎的联络方式,请我离开。我前往涅戈林纳街的餐厅,就是我在除夕那天发现卡佳在那里工作的餐厅。他们开玩笑说店里有很多个卡佳,随便我挑,但我要找的那个已经不在了。

从敖德萨回来之后,我很确定卡佳这一生从未踏进莫斯科国立大学一步,但我还是跑了一趟麻雀山,去那座疯狂斯大林风格的大楼。我记得当时有一对年轻爱侣正在大道上拍婚礼照片,大道从大学前方延伸而过,可以俯瞰整座城市,下方就是莫斯科河和克里姆林宫,可以看见教堂和混乱。新娘身穿乳白色编绳礼服,你结婚当天应该会比她端庄很多,如果你看完这些还是决定要结婚的话。她的亲友个个衣着鲜艳有如孔雀,初恋男友兼新郎和其他男性宾客则身穿阴沉的帮派西装。那对新人看起来十分感人却在劫难逃。我听见宾客喊道:“苦一点,苦一点。”要求这对新人拥抱接吻,吻走所有苦楚,迎接甜蜜新生活。大学建筑物上的雕像有知识英雄抱着书或拍着地球仪怀抱理想眼望远方,令我想起革命广场站月台上的雕像,也就是我第一次见到玛莎的地方。大门警卫不让我进门口的绿色大厅,不过就算我进去了,也不知道要做什么。我站在门外,询问穿短裙的美丽少女和穿廉价牛仔裤的少年是否认识卡佳,直到我觉得自己荒谬绝伦、年老而丢脸。我转身离开,差点被一个溜冰的人撞倒。大学主楼塔顶端的星星在强烈阳光下闪烁不已。

我打电话去莫斯科建筑投资公司,等了一会儿,心想这家公司可能快倒了。不过电话还是接通了。他们说从未听说过斯捷潘·米哈伊洛维奇或塔吉扬娜·弗拉基米罗夫娜。我想斯捷潘可能有个朋友在莫斯科建筑投资公司或其承包商那里工作,这个人可以借他钥匙进入布托沃镇的公寓。也许整个构想就从这栋公寓作为诱饵开始。他们一定还有一两个朋友可以搞定伪造文件的事，这样就差不多齐全了，再加上我替塔吉扬娜那套公寓准备的真实文件，这样就足以让塔吉扬娜开心。他们一定认为给塔吉扬娜五万美元可以让这整件事看起来更为真实。

唯一一个地方我可以去找、但还没去的是那个乡间小屋，她们说那个小屋的屋主是个老人，曾经在铁路局服务。那个小屋有个像衣柜那么大的蒸汽室，屋檐下有个神奇的卧室，我就是在那个小屋发现玛莎和卡佳不是亲姐妹的。不知为何，这个小屋感觉太神圣了，我希望这个小屋的回忆冰存在冬季寒冰之中，不要被夏日的汗水和失望所玷污，否则对我来说冲击太大。你也许会想我可以去报警，我也应该去报警，我知道你会这么想。但我要跟警察怎么说？到底发生了什么事？不过就是一个老妇人卖掉她的公寓，两个女孩离开了，没什么大不了的事情发生。总之，不论发生过什么事，我都有份。

在我还在寻找的那段时期，曾有一度以为我看见了塔吉扬娜，也可能是我容许或逼自己以为我看见了塔吉扬娜。这件事发生在特维尔大街尽头、红场附近，当时我正要去音乐学院外一家夏日咖啡馆的露台上跟保罗碰面，吃一顿紧张的午餐。我以为我看见她铅球选手般的身形、坚毅的步伐（缓慢但果决，如行进中的军队）以及没刻意整理的弧形刘海，就在我前方大约五十米的人行道上。我猛然停下脚步，站立片刻，然后逃跑。人行道非常拥挤，还有一大群观光客围在贩卖列宁T恤和斯大林娃娃的摊贩前，但我就如同置身于梦境之中，拼命奔跑，却动弹不得。等我跑到中央电信局大楼转角，已不见她的身影。我从地下道楼梯顶端的半墙边缘望出去，视线在特维尔大街上转了一圈，一直望到李维斯牛仔服饰店那一头，都没有看见她的踪迹。

有可能那真的是她——我没说那不是她。可能她正在莫斯科或圣彼得堡徘徊流浪，手里拿着装有五万美元的塑料袋，脸上挂着婴儿般的笑容。也许她们让她拿走那五万美元，毕竟她们骗走了她的公寓，而她再也不可能讨回来了。多亏了奥尔嘉，所有文件都办得十分齐全。塔吉扬娜老太太无法改变什么，也没有人可以申诉。也许除了我吧。如果她要找我，应该知道该去哪里找。

但塔吉扬娜不曾来找过我。我想玛莎和卡佳应该不会想看见她站在人行道上大呼小叫，或是花用原本可以进她们口袋里那笔多出来的钱。“人不在，就没问题。”一句俄国老谚语是这么说的，我猜想她们可能会把塔吉扬娜做掉，免除后患。要做掉塔吉扬娜并不难，就算没下雪也不成问题。这件事我永远无法确定，但我是这么想的。

我甚至不确定塔吉扬娜是否真的希望搬去布托沃镇。也许她从不认为自己真的会去森林里摘蘑菇，会去池塘里游泳，会启动她的洗碗机，会从新屋阳台遥望教堂圆顶。我不确定她期望的是什么，但我开始认为这一路下来每个人知道的似乎都比我多。塔吉扬娜、玛莎和卡佳，她们每个人都知道得比我多。她们隐瞒真相不让我知道，就像隐瞒一个肮脏的秘密不让孩子知道，直到纸再也包不住火。有时我会有个怪异的想法，认为这整件事其实只是个用来算计我的阴谋。

也可能不是。可能这整件事其实是我对付自己的阴谋——坦白说这也只是“可能”而已——目的在于不让我自己知道真相。真相是:我已在某个地方越了界;某个地方包括在餐厅里的某个片刻、在出租车的后座、在玛莎的下方或上方,或在帕维列茨卡娅广场的电梯里。不知怎的,我变成了那种无所谓之人,不管什么都无所谓,虽然察觉到自己做的是坏事却丝毫不在乎。这么长一段时间里,我准备文件,保持微笑,借以取得我所需要的。我从来都不知道自己可以变成这种人,直到我来到俄国。但我的确可以,也真的变成了这种人。

这就是我在俄国最后一个冬季逐渐远去时学到的。这一课跟俄国无关。我想,一段感情结束,你学到的都跟你的情人无关,你只是认识了自己。

门的另一边是我自己。我的雪花莲是自己。

17.

最后,在银行团和我们伦敦长官的压力下,保罗和我亲自北上,前往哥萨克的油槽工地察看。我们在舍列梅捷沃机场塔乘飞机,那里的国内线航空站就跟屠宰场没两样,像是由透明胶带和希望拼接在一起的。从空中俯瞰,北极圈的风景非常美丽:松林依然布满顽强的冰雪;小溪在林间曲折蜿蜒,泛起细白泡沫;海面深沉冷静。

距离油槽最近的机场位于摩尔曼斯克市,也就是玛莎和卡佳提过的故乡。直到踏上这趟旅程,我才想到其中的关联。回首前尘往事,这不仅让我觉得凑巧,也令我感到心痛。我也感到兴奋,即使为时已晚,事情早已走样。我兴奋地想看看她们曾经坐过的公园、走过的人行道和生活的背景。当然了,我爷爷也去过摩尔曼斯克市,尽管当时的地球是个人间炼狱。但我应该没怎么想到爷爷。摩尔曼斯克的边缘有一个很大的战争纪念馆,我没去参观。我没时间。

酒店女接待说哥萨克那家专项公司的地址位于旧苏维埃住宅区,那附近有个转得很慢的摩天轮,就在码头上方的丘陵上。我们拨打公司电话,但没有人接。

第二天，保罗和我前往海边工地察看。根据维亚切斯拉夫所述，石油很快就会透过油管抽送到超级油槽。马路尽头距离海边尚有几百米。我们下了出租车，踏上高低不平的小路。那天天气炎热，到处都是蚊子。我们将西装外套挂在肩膀上，口中不停咒骂。海边一块平地上有个方形洼坑，约一个壁球场大，里头满是干了的泥泞，就像惊悚电影中绑架犯用来监禁女人的地方，但现场没有油管，没有超级油槽，没有石油，什么都没有。

保罗点燃一根烟，深深吸了一口。我们在那里枯站了大约十分钟，感受我们捅的娄子有多大，至少我是这么觉得。然后我们回酒店喝酒。

我们在顶楼酒吧里坐下。酒吧由达吉斯坦酒保和一个韩国女人经营。我们喝了很多、很久。夏季的摩尔曼斯克整日的天空都是亮的，凌晨三点从窗户望出去，依然可以看见起重机立在码头周围。从侧影看来，起重机像面对伤感彩霞而肢体瘫痪的昆虫，周围还有海鸥盘旋飞行。我们对彼此说，这个错误不能全怪到我们头上，我们的文书工作做得非常周全。也许我们对哥萨克放水放得多了点，也许我的心思有时飘离到别处，但我们不是工程师也不是私家侦探；我们不过是律师。基本上我们只是运气不好，正巧碰上克里姆林宫改变行事规则——某人认为实际经营企业并逐月榨干利润实在太过费力，直接诈骗银行团比较省事。

然而，我们知道这个污点会永远跟着我们。我别想当上合伙人，保罗有可能会被开除，我们的奖金也都全泡汤了，而且很可能我们都要跟莫斯科、跟“没有限制”说再见了。

“操他妈的英属维尔京群岛。”保罗说。我看见酒店下方的广场上矗立着积满鸟粪的列宁像。“操他妈的哥萨克,操他妈的俄罗斯。”

保罗的瞳孔缩小成凶恶的小黑点。后来我曾怀疑过保罗,说不定这件诈骗案他也有份,但也只是怀疑而已。我回想保罗和哥萨克的互动过程,有几次保罗似乎动怒,以及除夕那天我们在人民石油核准贷款的经过。我试着回想是否忽略了某些片刻或现象,但怎么想都想不起来什么足以判定保罗涉及诈骗。

我举杯敬我们、敬莫斯科、敬那个黄鼠狼总统。保罗从韩裔老板娘那里带了一个丰满的小姐回房,作为慰藉。我躺到床上,望着窗外乳白色的北极天空。我想哭,但哭不出来。

几个小时后,我不确定几点,我仍然醉醺醺的,沮丧不已,同时又处于一种怪异的亢奋状态;我再也没什么好失去的了。我下了床,走出酒店,朝起重机和码头的方向慢慢走去。我爬上画满涂鸦的天桥,越过铁轨走上货柜码头。我听见音乐,看到一家咖啡馆在海边不远处。

咖啡馆的地面铺了瓷砖,设有一张柜台式长桌,里头有一个穿着围裙的胖男人,两手满是刺青。

“早上好。”我说。

“要点什么?”他说。

“咖啡。”

他舀了一茶匙雀巢咖啡放进咖啡杯,然后指了指长桌尽头的一壶热水。我往杯中倒了热水,然后坐下。咖啡馆里弥漫着石油的气味,一台古董冰箱飘散出不新鲜的火腿味。

我想起玛莎提过她父亲，便问咖啡馆老板："这是核能破冰船的基地吗?"

"不是。"

"那破冰船在哪里?"

"在海湾那边，那里有一个单独的永久军事基地。这是机密。"他告诉我潜艇也停在那里。几年前他们把那艘沉没的潜艇拖去那里，捞出溺毙的可怜水手。我看得出他很想多说点话，但必须假装不想。

"'彼得格勒'号是不是停在那里?"

"什么号?"

"'彼得格勒'号，一艘破冰船。"

"没有一艘破冰船叫'彼得格勒'号。"

"有，我确定有。我是说，我想应该有……或许以前有这么一艘船，可是后来退役了?"

"没有，没有'彼得格勒'号。我是技工，在基地工作了二十五年，我从来没见过'彼得格勒'号。"

我握着咖啡杯的双手不住发抖。我又想起玛莎说过另一件她在摩尔曼斯克的童年往事。

"请问，"我说，"那个摩天轮，那个很大的摩天轮，"我朝肩膀后方、摩天轮矗立的那座丘陵比了比，"在八十年代，玩它是不是很贵?我是说，如果小孩去搭的话是不是很贵?"

"八十年代它还不在呢。那个摩天轮是一九九〇年建好的，是苏联替我们做的最后一件事。我会记得是因为那年我结婚。我们签名登记结婚之后，还去玩刚建好的摩天轮。"他望向地面一会儿，神情也许温柔,也许悲伤,我看不出来。“搭一次二十戈比,”他说,“可是八十年代它还没建好。”

。 。 。 。 。 。

人民石油公司拒绝负起哥萨克诈骗案的任何责任,并指出只承诺在油槽建好之后输送石油和支付费用。他们的股票上市计划也延期了。我们请愿的各个政府部长都叫我们滚开,只不过用词比较客气。我们再也没听说调查员维亚切斯拉夫的消息。他们一定是用了某些方法让维亚切斯拉夫转而投效他们,可能就在维亚切斯拉夫第一次失踪那时,所以他才会带着假报告回来给我们看。他们可能用威胁、金钱、女人,也可能三者并用,我无法责怪维亚切斯拉夫。从我们公司的角度来看,唯一值得安慰的是,我们的北极圈大失败被更糟的俄国新闻淹没:莫斯科大征用,俄国坦克在高加索地区被击毁,克里姆林宫爆发恐惧和嫌隙。这些事件似乎传遍红场,震动了不稳固的俄国地基。我们上了《华尔街日报》和《金融时报》的几行新闻,特派记者斯蒂夫·沃尔什则特别撰文,将天真银行团在狂野东方碰上的诈骗案交代清楚,令我们倍感光荣。

不久之后,俄国和美国又开始摆出架势,准备交锋。克里姆林宫延后选举,大部分外国人开始朝机场移动。如果不是公司叫保罗不必协助安抚银行团,我想他应该会留下来。听说后来他搬去里约。

我没有被开除,只是被调回伦敦,在总部的公司法部门执行实质审查工作,工作内容就是你知道的:坐在那些要被并购或出售的公司的地下室检查档案，在任何情况下都不能跟客户说话，有点像是当上刑警之后又被调回去指挥交通。于是我又回到了我熟知的稀薄生活之中，尽责又尴尬地维持旧日大学情谊，一边做着令我窒息的工作。还有你。

我想如果玛莎还在我身边的话，我可能会辞去工作，留在莫斯科，去即将崛起的钢铁巨头或铝金属大亨那里谋个职位。我知道她并不真的爱我，她也不需要爱我。我想我可以这样继续被接近中年的沉重惯性所驱使而驻留在莫斯科，一周见她两次，一周带她回家两次，内心知道别的地方并没有另一个我或更好的我。我可能不会在意她跟我说的话有多少是真的，或者她曾经做过什么事。我的生活可以没有塔吉扬娜这个人，我可能会设法忘记她。总结来说，玛莎应该比我高尚。她有谢廖沙，所以有更好的借口，至少她表现得像做了错事。我不知道幕后主使是谁，但我希望她分到丰厚的报酬。

我离开俄国的前几天，又去了塔吉扬娜家一次。那是最后的一次。老实说，我没有什么道德感或什么高尚的意图，我去是因为怀念。我在对讲机上乱按，直到有人开门让我进去。我爬上楼梯，来到她家门前，看见自从我上次离去之后，她家大门口包覆了一层褐紫红色皮革，大门左上角还装设了一台诡异的监视器。我一接近门口，那台监视器就开始追踪我，仿佛要对我发射激光。我按下门铃，听见门内传出脚步声，感觉有只眼睛从窥视孔朝我看来，然后听见三四个门锁被打开和门栓被除下的声音。

来应门的男子身穿丝质和服，脸上敷着绿色面膜，一时之间我认不出这个人是谁。

我说:“请问……”尾音拖得老长,脑子里正在搜寻这个人。我知道我见过这个人,但就是想不起来。可能是工作上见过,或在某个派对上见过,或在英国大使馆在女王生日那天举办的庆祝宴会上见过。

“什么事?”

“请问……”

我们站在那里,等待我说完这个句子。我看见他的额头露出厌烦和少许焦虑的神色。然后我想了起来,他就是几个月前我到塔吉扬娜家时,那个身穿奢华外套正要离去的俄国男子。他的头发依然完美无瑕。我越过他穿着丝质和服的肩膀看去,只见那盏西伯利亚吊灯不见了,过道墙壁漆成了墨绿色,隽永的拼花地面则依然保持原貌。我听见水龙头的流水声和收音机的声音。我心想,他们在还没得手之前就已经把这套公寓卖出去了。

“我想请问你知不知道那位老太太在哪里?以前住在这里的那位老太太?塔吉扬娜·弗拉基米罗夫娜在哪里?”

“我不知道。抱歉。”

他微微一笑,慢慢把门关上。

我走出公寓,站在池塘旁边,想再打一次玛莎的手机,最后一次。这次铃声一直响一直响,但没被自动转到故障语音。铃声一直响一直响,最后她接了起来。

“哈啰?”语气颇不耐烦,是俄国人常有的那种“时间就是金钱”的口气。

那不是玛莎的声音,我花了几秒钟才听出那是卡佳的声音。

“哈啰?”

“卡佳?”

她沉默不语。池塘边传来瓶子砸碎声,就在晒太阳取暖的奇幻动物附近。我想那张SIM卡一定还有一些钱,所以她们不想浪费。我猜她们可能认为我或其他那些她们想甩脱的人不会再打这个号码,所以可以安全地开机。

“卡佳,是我,尼古拉斯。”

她依然保持沉默,然后才说:“嗨,尼古拉斯。”

“你好吗?”

“老样子。”

“我能跟玛莎说话吗?”

“不行,尼古拉斯,这是不可能的。玛莎已经离开了。”

“是去看谢廖沙吗?”我说,声音已不像是我的声音,“她是不是去看谢廖沙了?”

“对,尼古拉斯,她去看谢廖沙了。”

我打这通电话究竟是想说些什么或想知道些什么,其实我并没有想得很清楚。我听见她几乎就要挂上电话。

我把时间拉到最初。“为什么是我,卡佳?为什么要选我?”

她顿了顿,我猜她可能在衡量说真话会有什么损失,然后她判断我没办法对她们做些什么。

“你在地铁站里看我们看得太久了,尼古拉斯。我们看出你很容易上钩。我们还有其他机会,但我们发现你是律师,这很有意思,很有用。还有你是外国人这点也很好。不过其他人也可以,我们只需要一个她可以信任的人。”

“就这样？我是说对玛莎来说就这样吗？只是有用而已吗？”

“也许不是，尼古拉斯，也许不是。我不知道。拜托你，尼古拉斯，”她听起来还是一样，有一半是孩子，但非常疲惫，“那是生意，只是生意而已。”

“那为什么还要拿钱？为什么还要拿我的钱？”

“为什么不拿？”

我想发怒，实际上却没那么愤怒。

“那次我在乌兹别克餐厅看见你，就是冬天那一次，为什么你叫我不要跟玛莎说？”

“我怕她会生气，会认为你可能看出一切都不是真的。对我来说，她如果生气就不好了。”

“你们真的是表姐妹吗，卡佳？告诉我。你们真的是从摩尔曼斯克来的吗？斯捷潘·米哈伊洛维奇是谁？”

“这些都不重要。”

还剩下一件事。

“她在哪里？塔吉扬娜·弗拉基米罗夫娜在哪里？”

她挂上电话。

° ° ° ° ° °

离开俄国前的那个下午，我去了红场。过去那四年半感觉起来像有一辈子那么长。我走上街心花园路，经过夏日咖啡馆和普希金广场上的啤酒棚，然后步上特维尔大街，穿过疯狂六车道干道下面的地下道。红场上有一小群顽强的共产主义者正在示威，他们手持印有共产主义标志的破烂旗帜，眉毛杂乱，从法拉利跑车展示厅和马克思雕像的方向慢慢走上红场。现场有大约三百名镇暴警察，大部分都坐在摇摇晃晃的滑稽巴士上，他们最喜欢聚在巴士上了。有些警察在外面抽烟，用警棍轻拍盾牌。扮成列宁的街头艺人正在跟一群中国商人拍照。

我步行穿过栅栏门，眼前圣瓦西里大教堂的洋葱形圆顶在卵石路面上方朝天际升腾。阿兹特克陵墓的远处上方，克里姆林宫塔顶的巨大星星在阳光下闪着血红色光芒。那时是盛夏，即便如此，还是感觉得到寒冬正在莫斯科河对岸的某处集结，准备反攻。暖意之中可以感觉到寒冷正在萌芽。我站在红场中央，品尝空气和这座城市，直到警察过来驱赶。

你一直想知道为什么我以前从来不提俄国，部分原因是我那段不系安全带的旧日时光已经过去很久了，距离非常遥远，难以跟任何人说明，而且也过于隐私。我想每个人的人生都是这样子吧。没有人可以过你的人生，只有你自己可以，无论你是住在伦敦奇西克区或是《圣经》中的蛾摩拉城都一样，语言能描述和重现的相当有限。另外一部分的原因是这段回忆是如此收场，因此让它消逝似乎比较好。我无法跟你叙述这整个故事，所以我保持缄默，直到现在。

但原因不只如此。既然我决定对你坦白以告，或至少试图把一切都告诉你，我应该再跟你说明另一个原因，也许这才是最主要的原因。之后就看你如何选择了。

当然了,每当我想起这段回忆,心中难免会浮现罪恶感。但我心中浮现的绝大部分是失去的感觉,这才是最叫我心痛的地方。我想念敬酒和白雪;我想念午夜街心花园路上闪烁的霓虹灯光;我想念玛莎;我想念俄国。